봉사 장편 소설

FUSION FANTASTIC STORY

스킬러

SKILLER

스킬러 6

봉사 장편 소설

초판 1쇄 찍은 날 § 2015년 3월 3일
초판 1쇄 펴낸 날 § 2015년 3월 10일

지은이 § 봉사
펴낸이 § 서경석

편집부장 § 권태완
편집책임 § 박용서

펴낸곳 § 도서출판 청어람
등록번호 § 제387-1999-000006호
등록일자 § 1999. 5. 31
어람번호 § 제1-2067호

주소 § 경기도 부천시 원미구 부일로 483번길 40 서경B/D 3F (우) 420-822
전화 § 032-656-4452 팩스 § 032-656-4453
http://www.chungeoram.com
E-mail § chungeorambook@daum.net

ISBN 979-11-04-90141-6 04810
ISBN 979-11-316-9276-9 (세트)

봉사 장편 소설

FUSION FANTASTIC STORY

스킬러

6

SKILLER

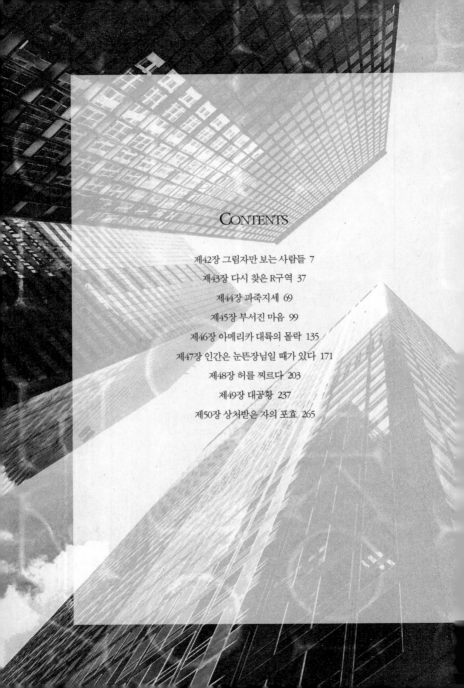

CONTENTS

제42장
그림자만 보는 사람들

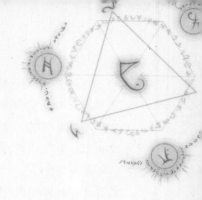

불행하게도 세계에서 단 하나 남아버린 북미의 몬스터 게이트에서는 연일 후이넘이 쓰나미처럼 쏟아져 나왔다.

콸콸 쏟아지는 물을 아무리 대야에 퍼 담아서 버려도, 근원인 수도꼭지를 잠그지 않는 한 이는 소용없는 짓에 불과하다.

사람들은 근원적인 문제를 해결하기 위해서 노력했지만 성과는 참담했다.

당사국인 캐나다는 이미 자국의 영토를 포기했다.

미 정부는 자국 국경을 강화하는 한편 군사력을 이곳으로 총집결시켰다.

이 저지선이 뚫리는 날이 바로 미합중국의 종말을 고하는 날이 될 것이었다.

미 정부는 앞서 뼈저린 결과를 낳게 한 핵무기를 배제하고 모든 무기의 사용을 허가했다.

그중 생화학 무기의 사용은 후이넘을 포획하여 자체적으로 실험한 결과 놈들에겐 별다른 효과가 없음이 밝혀졌기에 이도 전투에서 배제했다.

북미의 상황은 악화 일로를 치달렸다.

미국의 힘이라면 저지선을 충분히 감당할 수 있을 것이라고 떠들었던 친미주의자들도 하나둘 그 입을 닫아버렸다.

국가의 생존 앞에서는 개인의 도덕과 양심, 윤리와 법도 공허하고 무의미하다.

R프로젝트

후이넘에게서 추출한 물질에 현대 과학기술을 접목해서 만든 극비의 약품, 바이오 증폭제.

수가 한정된 스킬러 나이트를 대신하여 싸워줄 새로운 군대가 필요해지자 미 정부는 범죄자와 난민을 상대로 이 약을 비밀리에 투약했다.

문제는 이 약품이 피실험자의 인성과 형상을 완전히 말살하고 변형시킨다는 단점을 가지고 있다는 것이었다.

통제 불가능한 군대란 갖지 아니함만 못하다.

그러함에도 미국은 R프로젝트를 단행했다.

그들이 고심 끝에 처방한 R프로젝트, 그것은 일종의 맞불

작전이었다.

미 대통령은 이 작전을 승인하면서 '그래도 R은 보병의 힘으로 상대할 수 있잖은가'라는 말을 남겼다.

이것이 희망이 될지, 절망이 될지 현재로썬 그 누구도 예측할 수 없었다.

*   *   *

오십 줄을 바라보는 김정호에게는 아픈 아내와 딸과 아들이 있다.

1년 전만 해도 그는 뼈 빠지게 일해도 입에 풀칠하기가 버거운 재정난을 겪고 있었다.

재정난의 주요 원인은 아픈 아내의 병원비였다. 그의 벌이로는 도저히 감당할 만한 수준이 아니었던 것이다.

아픈 아내를 방치할 수 없었기에 그는 본업인 배관공과 다른 일을 병행했다.

돈을 벌기 위해 그는 기계처럼 움직였다.

하루 네 시간만 자고, 어쩔 땐 이삼십 분씩 간간이 눈만 붙이며 악착같이 일했다.

그렇게 열심히 살아왔지만 그의 재정은 늘 마이너스만 겨우 면하는 수준이었다.

매일매일이 그에겐 고되고 끔찍한 곡예와 같은 나날이었다.

하지만 그렇게나 끔찍했던 시절이 지금에 와선 신기루처럼 그의 삶에서 빠져나가 버렸다.

이 모든 게 선우현성이란 청년 덕분이었다.

그가 원한다면 머리카락을 잘라 신을 만들어 주고 옷을 만들어 줄 텐데.

청년의 은혜만 생각하면 감사한 마음에 늘 눈물이 맺혔다.

그 은혜의 만분지일이라도 갚기 위해서 정호는 밤이면 밤마다 지금처럼 조용히 야간 경비를 자처하고 있었다.

"안 주무셨습니까?"

인기척에 놀란 정호가 몸을 돌린다.

세상이 어수선하다 보니 길가에 버려진 작은 돌멩이 하나에도 왜 저것이 여기에 있을까? 따위의 의심부터 하게 된다.

하지만 상대를 확인한 정호의 안색은 안도감에 조금씩 풀어졌다.

2층 테라스 난간에 걸터앉은 청년은 그에게 있어 평생의 은인, 선우현성이었기 때문이다.

그의 안도는 잠깐이었다.

지금은 새벽 2시가 훌쩍 넘은 시간. 이 시간까지 그가 잠들지 못하는 것으로 보아 분명 말 못 할 고민이 있음이다.

그 고민을 듣고 해결해 줄 능력이 자신에게 있으면 얼마나 좋을까마는 아쉽게도 현명한 조언, 실질적인 도움을 줄 능력이 없었다.

이것이 못내 속상하고 미안한 김정호였다.

조언은 자신보다 더 오래 살았고, 많은 일을 겪었으며, 식견이 남다른 차기수의 몫이지 자신 같은 사람이 논할 수 있는 것이 아니었다.

"잠이 안 와서. 넌 왜 안 자고 난간에 앉아 있어? 위험하게시리."

식구들의 안전을 위해 문단속을 하네, 경비를 서네 따위의 말을 했다간 상대가 부담을 느낄 수 있을 것이다.

이를 고려했기에 정호는 별일 아니라는 투로 말한다.

하지만 그가 식구들을 위해 그 자신이 할 수 있는 한도 내에서 최선을 다하고 있음을 모두가 알고 있었다.

당연히 현성도 이를 알고 있다.

현성은 이를 만류해 볼까도 생각했지만 차기수의 조언을 듣고 그만두었다.

사람은 누구나 해야 한다고 믿는 일이 있지. 정호, 그 사람에게 그 일은 스스로를 편안케 하는 위로야. 그러니 이를 만류한다면 오히려 그를 불편하게 만들 게다.

생각해 보니 이 말이 틀리지 않았다.

자신이 김정호의 입장이었더라도 뭔가를 했을 테니까.

"저도 잠이 안 와서요."

"그래도 잠을 자야 내일 사무실에서 졸지 않지. 네가 하는 일이 어디 보통 일이냐? 하하. 이런, 내 목소리가 너무 컸네."

김정호는 가난한 아버지다. 아연과 희연의 아버지 역시 가난했다.

같은 처지였지만 두 사람이 삶을 살아가는 자세는 크게 달랐다. 정호는 성실함과 끈기와 따뜻함으로 가족을 감싸 안은 반면, 자매의 아버지 유일국은 방임과 폭력으로써 가족을 괴롭혔다.

그래서 아버지를 떠올릴 때마다 남매와 자매의 표정에선 큰 차이가 보였다.

"주무세요. 밤이 깊었어요."

"자야지. 밤공기 한번 좋네."

"들어가세요."

"그래, 너도 자라."

"예."

현성의 뒷전에서 부스럭거리는 소리가 난다.

침대에서 얇은 홑이불을 몸에 두른 민연이 도자기처럼 하얀 어깨를 드러낸 채 그에게로 스르르 걸어온다.

"정호 아저씨랑 얘기했어?"

가시지 않은 그녀의 잠기운이 목소리에 실려 나른하게 늘어졌다.

현성이 한 팔을 뻗자 어미의 품속으로 뛰어드는 강아지처럼 민연이 그 속으로 파고든다.

그 품에서 민연이 조그맣게 말한다.

"휴양림에서 맡아본 공기 같아."

"그러게. 안 추워?"

"어깨만 약간 시려."

현성은 그녀의 드러난 어깨를 제 팔로 부드럽게 감싸 안았다.

민연이 난간에 제 엉덩이를 걸치기 위해 까치발을 한다.

둘둘 감은 홑이불이 움직임에 방해가 되었지만 그녀의 엉덩이는 곧 무사히 난간에 올라앉았다.

"떨어지면 어쩌려고."

민연의 등이 바깥쪽을 향하고 있다 보니 좀 불안했는지 현성이 걱정하자 민연은 긴장감 하나 없이 대답한다.

"자기가 있는데 무슨 걱정이야."

"그래도 사고는 불시에 일어나잖아."

"나도 스킬러 나이트야. 현성 씬 가끔 그것을 망각하는 것 같아."

"그랬나?"

"그랬어. 분명히."

"그랬었군."

소중하게 여기는 것을 아끼고 감싸는 것은 당연한 행동이다.

과잉보호라는 것도 따지고 보면 그 사람이 상대에게 가지는 관심의 깊이와 애정의 크기에서 비롯되는 게 아닐까.

물론 보호하는 방식에서 문제점이 발생할 수도 있겠지만.

민연이 현성의 상체에 제 상체를 밀착한다.

그의 품속에서 민연은 두 눈을 지그시 내리감으며 그의 온기와 체취를 온몸으로 받아들였다.

사람들은 현성을 단단한 목석 같다, 혹은 차갑다고 말하지만 이는 그에 대해 전혀 모르는 자들이 첫인상을 보고 갖게 되는 잘못된 선입견이다.

누구라도 그를 감싼 공기를 느낀다면 그 선입견은 모래알처럼 부스러지고 말 것이다.

어쩜 민연은 현성의 이러한 내면의 향기를 처음부터 맡았던 게 아닐까.

"자기 품이 난 제일 좋아. 자기 냄새도 좋고, 심장의 세련된 고동도 좋아."

"세련된 고동?"

"왜? 내 표현이 이상해?"

민연이 현성의 가슴팍을 제 이마로 쿵쿵 찧는다.

저러다 뒤로 자빠지면 어쩌려고 저러는지.

사랑에 빠진 여자는 남자와 달리 비이성적인 존재가 되곤 한다.

남자보다 크고 부드러운 가슴을 가진 구조학적인 요인 때문에 그런 걸까? 그렇다면 가슴이 큰 여자일수록 사랑에 빠지면 더 위험하지 않을까.

"천만에. 마음에 들어서 그런 거니까 오해하지 마."

"정말이지?"

"응."

"후훗. 이런 남자를 왜 다들 목석 같다고 하는지 모르겠어."

부드럽고 따뜻한 민연의 전신이 현성의 몸속으로 더 깊숙이 파고든다.

"내 친절은 인색하니까."

"현성 씨는 사람들의 선입견이 부담스럽지 않아?"

사람은 누구나 평생을 지고 살아가야 하는 삶의 무게가 있게 마련이다.

미안한 마음에 이 집의 관리인을 자처하는 김정호가 그런 것처럼, 타인의 선입견과 기대 심리 역시 자신이 지고 가야 할 삶의 무게였다.

그 삶이 싫다고, 거추장스럽다고 해서 이를 내팽개친다면 그것은 자신의 삶을 스스로 시궁창에 처박는 어리석은 일이 될 것이다.

"그것이 싫었거나 부담스러웠다면 난 산속에서 도인처럼 생활하고 있었을 거야. 그랬다면 당신을 만날 일도 없었겠지."

"누가 이 사람이 듣는 걸 잘하는 남자라고 한 거지? 이렇게나 달콤한 말을 잘하는데. 호호."

민연이 그의 어깨에 양팔을 두르며 힘을 주었다.

달빛과 별빛이 그녀의 가녀린 백옥 피부에 담겨 휘황찬란하게 빛난다.

사람의 몸이 이렇게까지 빛날 수 있다니.

스르륵.

민연의 몸을 감싼 홑이불이 아래로 미끄러진다.

급히 이를 집어 올린 현성이 나직이 한숨을 쉰다.

하아.

"여긴 우리만 사는 게 아니야."

"지금은 우리뿐이잖아."

당돌하고 도발적인 민연의 두 눈이 그를 향해 거부할 수 없는 유혹의 손짓을 보낸다.

그녀의 눈빛은 현성의 내부에 잠재된 용광로의 점화 스위치였다.

화르르르.

"침대로 갈까?"

"소녀, 기다렸사옵니다. 호호."

"엉뚱하긴."

"그래서 싫어?"

"천만에."

"호호호."

"하하하."

밤은 깊고 쓸쓸하나 사랑은 오히려 더 뜨겁게 불타오른다.

내일 무슨 일이 생길지는 아무도 알 수 없다.

하지만 이것만은 안다.

존재하는 그 마지막 순간까지 삶의 끈을 놓아서는 안 된다는 것을. 두 사람은 이를 알고 깊이 이해하고 실천하고 있었다.

남녀의 밤은 더 이상 어둡지도, 쓸쓸하지도, 춥지도 않았다.

서로를 나누는 행위가 서로의 가슴을 충만하게 채워놓고 있기 때문이다.

'사랑해, 현성 씨.'

'…나도.'

                    *   *   *

전 세계를 전쟁터로 만들어 버린 타 차원의 생명체, 후이넘.

놈은 세모꼴 형태를 한 세 개의 눈과 네 개의 기둥 같은 팔
과 단단한 말의 몸통을 갖고 있으며, 강력한 독성을 띤 기다란
꼬리를 제 팔처럼 자유자재로 사용할 수 있다. 놈의 피부는 칙
칙한 푸른색이고 혈액은 점성을 가진 녹색이다.

놀랍게도 후이넘은 시속 120킬로미터로 달릴 수 있으며, 이
속도를 상당히 오랫동안 유지하고도 전혀 지치지 않는다.

신장은 2.5~3미터, 몸길이는 4~5미터가 대부분이다.

이처럼 뛰어난 신체 구조 외에도 놈에겐 화염구를 발사할
수 있는 능력도 있다.

네 개의 손에서 일제히 쏟아지는 놈의 화염구는 특수 합금
으로 제작된 튼튼한 탱크조차 단 한 방을 견디지 못한다.

                    *   *   *

평안남도 대흥군, 함경남도 장진군과 덕성군, 평안북도 지
역은 후이넘과 남북 연합군의 격전 지역이다.

이곳은 하루도 조용할 날이 없었다.

스킬러 나이트 본대가 위치한 평안남도 순천.

"단장이 안 보인다고?"

화랑단의 단장이자, 남북 스킬러 나이트들의 총사령관 유오찬. 전쟁 내내 그는 단 한 번도 전장을 비우지 않았다.

또한 필요하다 싶으면 그 자신이 직접 치열한 전투에 참여하기도 했다.

싸움에 있어서 그는 물러서는 법이 없었고, 패배도 몰랐다.

유오찬에게 나쁜 인상을 갖고 있던 대표적인 집단 '한얼' 조차 그가 보여주는 지휘관으로서의 명석함과 전사로서의 역량과 용기에는 찬사를 아끼지 않았다.

한얼의 실질적인 수장, 부대주 최우민의 표정에 의혹이 감돈다.

"예, 단장의 최측근 참모들이 작전 명령을 일선 부대에 하달하고 있답니다."

박상철의 보고에 최우민의 주름이 더 깊어진다.

북한에서 후이넘을 완전히 소탕하기 전까지는 유오찬에게 적극 협력하라는 대주의 지시가 있었다.

물론 그 대주는 차기수다.

최우민 부대주나 한얼 소속 스킬러 나이트들 역시 이 명령에는 반발하지 않았다.

처음엔 전장에서 유오찬을 제거하는 계획을 세우기도 했지만 상황이 녹록지 않자 이 계획은 자체적으로 폐기했다.

"장진군에 놈들이 대거 몰려 있는 상황에서 중요한 결정을 내려야 할 단장이 자리를 비우다니… 무슨 일이 발생한 건가? 양 팀장."

"예."

"혹시 후방에 문제가 발생했나?"

"그런 보고는 없었습니다."

"전장에서 이탈할 자가 아닌데."

최우민 부대주의 표정에선 유오찬에 대한 걱정이 설핏 보인다. 사실 현 상황에서 유오찬이란 존재는 없어서는 안 될 인물이었다.

만일 유오찬이란 구심점이 사라진다면 정치권과 군부의 움직임을 통제할 수단도 상실하게 된다.

이 점은 박상철, 이인경, 양철민 역시 공감하는 부분이다.

"국내 문제는 아닙니다."

양철민이 거듭 확신조로 말했다.

"부대주님, 얼마 전 특본 부대가 대거 이동한 사건이 있었잖아요. 혹시 그 때문이 아닐까요?"

특구 자치대. 줄여서 특본.

리경수 외 325명의 북한 출신 스킬러 나이트가 이곳으로 배치되면서부터 특본의 위상은 놀랍도록 높아졌다.

물론 임시라는 타이틀이 붙어 있긴 하지만.

"특본이라… 혹시 선우 본부장과 단장 사이에 알력이 발생한 건가?"

"그랬다면 대주님이 연락하셨겠죠. 대주님과의 비선은 24시간 항상 열려 있잖아요."

최우민 부대주는 인경의 말에 수긍했다.

"그럼 이 팀장이 그 말을 꺼낸 이유는 뭔가?"

"제 생각이지만 전날 특본이 출동한 배경만 알아낼 수 있다면 어쩜 유 단장의 부재 원인도 알 수 있지 않을까 싶어요."

인경의 의견에 모두가 고개를 주억거린다.

이 문제를 정확하게 알아보는 데 적합한 인물이 사람들의 머릿속에서 불쑥 떠올랐다.

"이 팀장이 대주님께 연락드려서 상황을 알아보게. 난 부대를 이끌고 즉시 출동해야 해서."

"알겠습니다. 무운을 빌겠습니다."

*　　*　　*

특본, 본부장 사무실.

자장면과 군만두로 점심을 먹은 현성은 따뜻한 초코 우유를 마시며 한가로운 점심시간을 만끽했다.

아침저녁으로는 아직 서늘하지만 오후만 되면 식곤증을 부채질하는 날씨 탓에 적당한 자리를 찾아서 떠도는 직장인들이 한둘이 아니다.

물론 개인 사무실을 가진 현성에겐 해당하지 않는다.

그는 소파에 다리와 상체를 쭉 펴고 쿠션을 베개 삼아 누워서 창밖으로 시선을 던졌다.

최면에라도 걸린 것처럼 눈꺼풀이 스르르 아래로 내려온다.

한두 시간 자더라도 사실 문제 될 건 없다.

특본의 주 업무로는 특구에 침입한 후이넘의 퇴치가 우선시되어 있다.

그 외 요소들은 경찰이 알아서 할 일이다.

'지금쯤 다 만났겠군.'

점심시간이 되기도 전에 민연은 아연과 희연을 데리고 쇼핑센터에 갔다. 그곳에서 세 사람은 선화, 준희, 승희를 만나 함께 쇼핑하기로 했다.

선화가 가는 곳엔 늘 경상도가 있었지만 이번엔 알아서 불참했다. 남자들에겐 참으로 견디기 힘든 여자들만의 마라톤 파티(?)이기 때문이다.

띠리리리릭.

식곤증에 무기력하게 무너지던 현성은 전화벨이 울리자 눈살을 살짝 찌푸리며 고민에 빠졌다.

받을 것인가? 말 것인가? 시답잖은 일로 고민하는 현성의 모습은 보기 드문 경우였다.

민연이 있었다면 일의 경중을 따진 뒤 제 선에서 해결해 주었을 텐데.

아니다. 함께 소파에 누워서 잠자고 있었을지도.

띠리리리릭.

하아.

식곤증을 물리치고 일어선 현성은 책상으로 걸어가 수화기를 들었다.

"무슨 일입니까?"

—정문 경비입니다, 본부장님.

전화기 너머 남자의 목소리에서는 마치 불의의 일격을 당한 듯한 당혹감이 느껴졌다.

비서가 아닌 현성이 직접 전화를 받았기 때문이다.

"정문에서 왜?"

—차기수란 분이 본부장님을 찾아오셨습니다. 어떻게 할까요?

"들여보내세요."

수화기를 내려놓은 현성은 고개를 갸웃한다.

여느 아침과 다름없었던 차기수였다.

그사이에 집에 안 좋은 일이라도 생긴 걸까? 생겼다면 자신의 재량으로 파견한 스킬러 나이트들에게서 먼저 연락이 왔을 것이다.

'만나보면 알겠지.'

창문을 열어 환기를 시키고 어지럽게 흩어진 것들을 깔끔하게 정리한 현성이 차기수를 기다렸다.

똑똑.

노크 소리에 즉시 문가로 걸어간 현성은 손수 문을 연다.

차기수가 그 앞에 서 있었다.

"어서 오십시오."

"번거롭게 해서 미안하네."

"아닙니다. 앉으세요."

현성과 차기수 사이엔 민연이 있다.

결혼식은 올리지 않았지만 현성과 민연은 부부와 다름없었다. 그러니 차기수는 그에게 장인이나 마찬가지다.

사무실을 둘러보며 차기수가 소파에 앉는다.

"사무실이 좋구먼."

"예, 감사합니다. 차 한 잔 드릴까요?"

"물이나 한 컵 주게."

"예."

현성과 차기수가 마주 앉아 서로를 본다.

어색해진 침묵을 현성이 먼저 깼다.

자신을 찾아온 상대에게 그가 먼저 말하는 경우는 극히 드물다.

보통은 상대방이 말할 때까지 주로 입을 다물고 있는 그였다.

하지만 상대가 민연의 아버지이다 보니 용건을 먼저 말하도록 하는 것은 어른에 대한 예의가 아닌 것 같아서 대화의 물꼬를 먼저 연 것이었다.

"무슨 일이십니까?"

"유오찬 단장이 삼 일째 그 모습을 드러내지 않고 있다던데… 그 이유를 알고 있나?"

한얼이 예의 주시하는 요주의 인물은 유오찬이다.

그런 인물이 지난 삼 일 동안 행방을 감추었으니 저들 입장에선 당연히 의구심을 가질 것이다.

"알고는 있습니다. 하지만 말씀드릴 수는 없습니다."

"그럼 질문을 달리하겠네. 그리해도 되겠나?"

"경청하겠습니다."

"국가와 민족의 장래와 관계된 일인가? 아니면 그 개인의 일인가?"

대한민국을 선박으로 치면 그곳의 선장은 유오찬이다.

선장의 신변에 문제가 발생한다면 그 선박의 운명에도 반드시 영향을 미치게 된다.

더욱이 대한민국이란 선박은 여러 유파가 그늘에 숨어서 제이빨과 손톱을 가다듬고 있었다.

언제든 기회가 주어진다면 그들은 그 그늘을 박차고 나설 것이다.

그렇다 보니 유오찬의 부재는 대내적으로 커다란 문제를 촉발시킬 수 있는 중차대한 변수였다.

정치권의 정현수 총재, 국가와 민족을 위한다는 명분 하나로 똘똘 뭉친 신념의 한얼, 비밀 국제조직, 북한 군부, 북 출신 스킬러 나이트들까지 가히 춘추전국시대다.

이 중 북한 출신 스킬러 나이트 전원이 현성에게 무언의 충성을 맹세한 바 있었다.

이는 그가 원하든 원치 않든 그 역시 한 유파의 수장으로서 사람들의 경계 대상에 올라 있음을 의미한다.

현성이 권력에 욕심을 내든 안 내든 그것은 그들에게 있어서 고려할 부분이 아니었다.

중요한 것은 한반도의 정세에 그가 영향을 미칠 수 있다는 점이다.

이를 모를 리 없는 유오찬이다.

그럼에도 그가 자리를 비워야 했던 이유는 쿠리야마 가문과
의 문제가 자칫 한반도에 대한 저들 조직 내부의 공식적인 입
장으로 돌변할 수 있기 때문이다.

잠시 생각을 정리한 현성은 차기수의 질문에 대해 적절한
비유를 들어 이야기했다.

"사람들은 동굴에 갇힌 포로입니다. 이들이 보는 것이라곤 벽
에 드리운 그림자뿐입니다. 그들은 결코 그림자의 실체를 보
지 못합니다. 고대 그리스 철학자가 이런 말을 했다고 합니다.
태양을 본 철학자만이 동굴에 사는 사람들을 지배할 적임자라
고요. 어렴풋한 기억이라 맞는지는 잘 모르겠지만."

플라톤의 국가론에서 소크라테스가 일반 시민을 동굴에 갇
힌 포로에 비유한 내용이었다.

차기수는 현성이 말한 비유의 근거를 알고 있었다.

이번엔 차기수가 생각에 잠긴다.

그의 침묵은 꽤 길었다.

"자네는 유오찬이 태양을 본 철학자라고 믿는 건가?"

차기수의 눈빛은 자신의 신념을 위해서라면 목숨을 초개처
럼 버릴 줄 아는 용기 있는 청년의 그것과 닮아 있었다.

"그를 위대한 철학자로는 여기지 않습니다. 다만."

"다만?"

"방파제로써의 그의 가치는 인정해야 하지 않을까라고 전
생각합니다."

"자네는 그만한 인물이 이 땅엔 없다고 보는가?"

현성은 유오찬의 추종자일까? 이미 그에게 넘어가 버린 걸까? 차기수의 머릿속에서 이러한 생각들이 떠나지 않고 있었다.

하긴 차기수가 이러한 의심을 하는 데는 충분한 근거가 있었다.

유오찬의 핵심 전력이라 할 수 이는 특본 출신 스킬러 나이트. 그들 가족의 안위를 현성이 손에 쥐고 있으니 의심의 근거로 모자라지 않을 것이다.

"어르신은 그를 대신할 만한 인물이 있다고 생각하십니까?"

현성은 단정적인 말보단 에둘러 질문하는 쪽을 택했다.

민연의 아버지와 굳이 언쟁하여 사이가 틀어질 필요는 없었다. 꼭 필요하다면 그리해야 하겠으나 당장 그럴 필요까지는 느끼지 못했다.

"난… 자네가 그를 대신할 수 있다고 보네."

쿵!

차기수의 목소리와 눈빛은 단호한 확신으로 가득 차 있었다.

단 한 번도 현성은 유오찬의 자리를 꿰차는 일에 대해 생각해 본 적이 없었다.

이는 그가 유오찬을 좋아해서도, 그를 존중해서도 아니었다.

이유는 하나였다.

생존을 건 인류의 전쟁이 이제 막 시작됐기 때문이다.

"그 얘긴 못 들은 것으로 하겠습니다."

"왜 자네는 전면에 나서려고 하지 않는 겐가? 자네의 명성과 실력, 그리고 자네를 추종하는 무리의 능력이라면 결코 유오찬의 아래에 있지 않아도 될 텐데. 혹시 유오찬의 배후를 신경 쓰고 있나?"

현성의 의중을 작정하고 캐내려는 차기수였다.

"누가 무리를 이끌더라도 그 무리는 늘 불평과 불만을 갖게 됩니다."

"도덕과 정의가 결여된 리더는 불평과 불만조차 용납하지 않네. 나는 이 민족이 고초를 겪으며 얻어낸 민주화가 또다시 독재에 굴복당하는 꼴은 보고 싶지 않네."

하아.

현성은 내심 깊은 한숨을 토해냈다.

눈앞의 남자가 민연의 아버지가 아니었다면 현성은 그와 단 한마디의 말도 나누지 않았을 것이다.

"지금은 전시 상황입니다, 어르신."

"아네. 알기에 그동안 침묵했네."

"그렇다면 좀 더 침묵해 주시기 바랍니다."

"그건… 무슨 뜻인가?"

여지를 남기는 건가? 현성의 말은 언뜻 차기수에게 이런 생각을 갖게 했다.

"오해하지 마십시오. 그리고 이 한 가지는 분명히 말씀드릴 수 있습니다. 역사는 우리가 바라든 바라지 않든 언제나 순환하고 있었다는 점을 말입니다."

더 이상 차기수에게 해줄 말은 그에게 남아 있지 않았다.

앞서도 자신의 생각을 똑똑히 밝힌 적이 있다.

이 이상 그가 물어온다 해도 자신의 대답은 토씨만 다를 뿐 같을 것이다. 무의미한 대화처럼 사람을 지치고 피곤하게 만드는 일도 없다.

오수는 저만치 달아났지만 영글어가는 봄의 노곤함은 아직 그의 주변에 남아 있다.

그 노곤함 속에 파묻혀 잠시 쉬고 싶은 현성이다.

"마지막으로 하나만 더 묻지."

"예."

"유오찬, 그는 악인가? 선인가? 자네 개인의 생각을 묻는 거네."

"그의 과거를 근거로 한다면 그는 악입니다. 하지만 현재를 근거하여 제가 본 그는 악이 아닙니다. 그리고 인간은 선과 악이란 개념으로 단정하여 정의 내릴 수 없습니다. 이것이 제 소신입니다."

*　　　*　　　*

차기수가 돌아간 뒤 현성은 특구 경계에 만전을 기했다.

혹시라도 유오찬이 없는 틈을 이용하여 한얼이나, 혹은 다른 세력이 특구에 위해를 가할지도 모른다는 판단에서였다.

다행하게도 그가 부릴 수 있는 스킬러 나이트 인력은 충분했고 특구에 배치된 군경의 지휘권도 그가 모두 쥐고 있었다.

그가 취할 수 있는 모든 수단이 특구 방어에 동원됐다.

현성은 바라고 있었다.

부디 유혈 사태가 일어나지 않기만을.

하루하루 그렇게 긴장의 시간이 흐르던 어느 날.

띠리리리리링.

현성에게 한 통의 전화가 걸려왔다.

—나다.

"안다."

—반갑지 않나?

"일은?"

—생각했던 것보다 일이 어려웠다.

"그 말은?"

—그래도 진실의 콜로세움의 문은 열었다.

"축하할 일이로군. 언제지?"

—삼 일 뒤 그쪽에서 통보하기로 했다. 거긴 문제없나? 듣기
로 긴장감이 감돈다고 하던데. 후후.

녀석은 마치 천리안이라도 가진 듯 말한다.

아니, 내부 스파이를 통해 알았을 것이다.

현성은 오찬이 심어놓은 스파이를 알고 있고, 오찬 역시 그
가 알고 있다는 사실을 알고 있었다.

"인생에서 긴장감을 **빼놓고** 사는 사람도 있던가?"

—크크. 그래, 맞다. 맞아. 참, 당장은 돌아갈 수 없을 것 같

다. 아직 삼 일이나 남았으니까. 몸 좀 만들고 영양도 보충하면서 지내도록 해. 나도 여기서 그럴 테니까. 뭐, 마음 편한 곳은 아니지만. 그때 보자.

뚜우우우우.

고개를 뒤로 젖혀 목 관절을 움직인다.

우두두둑.

관절에 달라붙은 피로가 으깨져 소리와 함께 날아가는 느낌이다.

'하나의 일처리는 끝이로군.'

진실의 콜로세움. 적이 짠 틀이다.

그 틀은 이쪽에 절대적으로 불리한 요소들로 넘쳐 날 것이다.

그럼에도 이 일이 성사되길 바란 이유는 오직 하나, 한 번에 매듭을 잘라 버릴 수 있다는 장점이 존재하기 때문이었다.

그리고 이 장점을 통해 얻을 수 있는 결과도 있다.

결과에 승복하지 않는 자를 처단할 수 있는 특권이 바로 그것이다.

"현성 씨, 점심 어떻게 할래?"

"구내식당에 가야지."

오성급 호텔 뷔페 수준을 자랑하는 구내식당이다.

일식, 양식, 중식, 한식 중 하나를 선택하든가, 아니면 전체를 조금씩 전부 다 맛볼 수 있다.

일인당 식비만 해도 일반 방호 지역 노동자의 보름치 임금이었다.

이를 특본에 근무하는 자들은 한 끼 식사 비용으로 지불한다.

물론 이 예산은 국민의 세금이다. 정부가 특본을 위해 이를 빵빵하게 사용하고 있었다.

"며칠 동안 구내식당 안 갔잖아?"

이 근처에 잘하는 중화요리 집이 생겼다.

현성은 요 며칠 그곳의 자장면과 군만두로 끼니를 때웠다.

참고로 그 집은 배달이 안 된다.

하지만 특본에서 걸려온 배달 요청을 어찌 그들이 무시하겠는가.

음식은 외제 고급 승용차를 타고 즉각 달려왔다.

이것이 바로 안 되도 되게 하는 권력의 힘이다.

"그랬지."

"그런데 왜?"

"알고 봤더니 그 집, 배달이 안 되는 곳이었어."

현성의 대답에 민연이 깜짝 놀라 두 손을 부딪쳤다.

"어라? 전화 받으셨던 분은 그런 얘기 안 하시던데."

"민폐를 끼쳤군."

"이것 참, 미안하게 됐네. 어쩌지? 취소할까? 이런, 이미 출발했겠는데."

민연이 울상을 지으며 말한다.

화려한 배우 생활을 했지만 그녀는 그 직업의 특권을 한 번도 내세우지 않았다.

갓 뜬 신인이라서 누릴 수 없었던 것도 있겠지만.

"할 수 없지. 근데 뭐 시켰어?"

"자기 잘 먹는 거랑, 내가 오늘 당기는 거."

"여긴 회사잖아. 그런 호칭은 좀 그렇지 않나?"

"뭐, 어때? 듣는 사람도 없는데. 왜, 싫어?"

"알아서 해, 그럼."

"역시 우리 자긴 쿨 해. 호호. 아, 나는 짬뽕이랑 탕수육 시켰어. 어제 애들이랑 술 너무 마셨나 봐."

앞마당에서 모닥불을 피워 둘러앉은 세 여자—민연, 준희, 선화—는 처음엔 음료수와 소시지와 오징어, 쥐포를 구워 먹었다.

이때는 식구 대부분이 동참했다.

하지만 다음 코스(?)로 넘어가면서 애들은 빠져나갔다.

이때부터 등장한 건 당연히 미성년자가 마셔선 안 될 신의 음료수다.

그다음으로 성인들이 하나둘 집 안으로 사라졌다.

결코 귀엽지 않은 세 여자의 은근한 주사에 질려서다.

오죽했으면 선화의 그림자를 자청하는 경상도마저 우울한 얼굴로 엉덩이를 뗐을까.

참고로, 집 안의 성인 중 현성만 유일하게 미성년자 무리에 섞여 자리를 이탈했다.

상도와 정호는 다음 날, 현성의 선택이 탁월했다며 찬사를 늘어놓았다.

밤새 그가 민연의 주사와 술 냄새에 고생한 것도 모르고.

미안한 기색을 전혀 찾아볼 수 없는 민연의 얼굴이 왜 이리 뻔뻔해 보일까.

취객에 관대한 나라, 대한민국.

"좀 마신 것 같더군. 내 방이 온통 당신 술 냄새로 진동했으니까."

언중유골을 가하는 현성이다.

민연의 얼굴이 순식간에 빨갛게 달아오른다.

"칫, 굳이 콕 집어주지 않아도 알거든."

"다음부턴 적당히 해."

"에이, 남자가 쪼잔하게. 살다보면 이런 날도 있고 저런 날도 있는 거지. 아, 알았어. 적당히, 꼭 명심할게. 미안."

현성은 그녀의 사과를 점잖게 받아들였다.

"그런데 탕수육은 왜 시켰지? 남을 텐데."

"그게… 습관이라서."

"습관?"

"응, 자장면 시키면 짬뽕이 당기고, 짬뽕을 시키면 자장면이 당기는 뭐, 그런 것처럼 중국집에 음식을 배달시키면 왠지, 꼭, 반드시, 탕수육을 시켜야 할 것 같은 의무감이 들어서 말이야."

이는 개인의 습관이요, 취향이다.

중국집 사장님들이라면 좋아들 하겠지만.

"구내식당에 짬뽕이랑 탕수육 있을 텐데."

"있지."

"그럼 왜 시켰어?"

"그게 말이야. 재료가 너무 좋아서 그런가? 예전에 먹던 짬뽕과 탕수육 맛이 나지 않더라고. 현성 씨도 그래서 그 집에 시켜 먹었던 거 아냐? 옛 맛이 그리워서."

현성은 그녀의 말을 인정할 수밖에 없었다.

예전 그의 동네에 호텔에서 오랫동안 근무한 중식 주방장이 가게를 오픈 했다.

웰빙을 표방하던 그 중국집은 얼마 못 가 문을 닫고 쓸쓸히 동네를 떠나고 말았다. 기존에 먹던 중국집 음식과 너무 차이를 보여 고객을 확보하지 못했기 때문이다.

가난한 자들의 동네에선 달지도, 자극적이지도 않은 건강식은 외면의 대상일 뿐이다.

호기심에 그 집에서 딱 한 번 시켜 먹어본 현성도 그 이후로 두 번 다시 시켜 먹지 않았다.

좀 더 좋은 맛을 찾아 단골 식당에 배신을 때린 그는 다음 날, 평소 시키지 않던 탕수육을 미안한 마음에 시켰었다.

다 옛날 일이다.

아니, 2년도 안 됐다.

하지만 오래전 일처럼 느껴진다.

너무 바뀐 세상 탓일 게다.

2년이 마치 백 년처럼 느껴지는 이유는.

제43장
다시 찾은 R구역

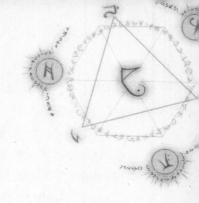

인간과 후이넘의 전쟁은 한반도라고 해서 예외가 아니었다.

한반도 북쪽, 후이넘이 짓밟은 대부분의 북한 지역은 초토화됐다.

놈들에 의한 파괴도 있었지만 실상 파괴의 주범은 남북 연합군의 화력이었다.

산, 들, 강, 도시가 군대의 폭격과 포격으로 사경을 헤맨다.

이 지역에서 후이넘을 섬멸하더라도 이곳을 복구하려면 천문학적인 예산과 인력과 시간이 들 것이다.

물론 이러한 걱정은 그나마 승리자의 사치스러운 고민이다.

당장 시급한 현안은 남북 연합군에 공급되어야 할 탄약 확보와 생산력 증대였다.

이 시간에도 방위 업체들은 무기 생산을 위해 24시간 쉬지 않고 가동 중에 있었다.

이곳에 근무하는 노동자들에게 주말과 명절은 안드로메다에나 존재하는 휴일이었다.

이처럼 모두가 열심히 노력했지만 소비는 황새였고, 생산은 뱁새였다. 가랑이 찢어지는 소리가 방위 업체들에게서 터져 나오고 있었다.

무기 수입이라도 할 수 있다면야 그나마 숨통이 트이겠지만 그 일은 웃돈에 웃돈을 얹어 주어도 성사되지 않았다.

제 목숨을 떼어다 남 주는 일을 누가 하겠는가.

                    *   *   *

대한민국 최우선 방호 지역.

죽음은 늘 우리의 주위를 배회하지만 대부분의 사람은 자신의 삶이 영원할 것처럼 생활한다.

주말 저녁을 맞아 시내는 인산인해를 이루었다.

술집, 음식점, 쇼핑센터, 공연장마다 직장인, 친구, 가족 단위의 사람들로 넘쳐 난다.

이 지역에 사는 사람들이야 다들 기본적으로 경제력을 갖추었기에 하위 지역이나 우선 지역, 일반 지역보다는 모든 면에서 월등한 생활을 유지하고 있었다.

평화로운 분위기에 젖어 있는 도심에 한줄기 삭풍이 지나간다. 그것은 정적을 부르는 소리였으며, 불안과 긴장감이란 섬뜩한 쐐기를 박는 소리였고, 자신들이 살아가는 현실을 똑바로 직시할 수 있도록 눈 뜨게 하는 소리였다.

방금 들어온 속보입니다. 북미 저지선이 붕괴되어 후이넘이 미국 본토로 진격했다고 합니다. 다시 한 번 말씀드리겠습니다. 오늘 오후 7시 25분경, 북미 저지선을 뚫은 후이넘이 미 본토로 진격했습니다. 자세한 상황은 현지에 나가 있는 특파원…

대형 전광판을 통해 긴급 속보가 방송됐다.
활기찼던 거리는 마치 찬물을 뒤집어쓴 듯 그 순간 깊은 정적에 빠져들었다.
지구 최강의 군사 대국이 지금 이 순간 침몰하고 있다! 인간의 적응력과 망각, 현실주의적 사고방식을 바탕으로 현재를 충실히, 그리고 기쁘게 살아보려던 사람들은 새삼 자신들이 어디에 떨어져 있는지 깨닫는다.
쾅쾅쾅쾅!
이겨낼 수도, 물리칠 수도, 설득할 수조차 없는 강력한 야수가 제집 현관문을 두드리는 것이다.
집은 조금씩, 조금씩 부서진다.
두근두근.
사람들은 집단 최면에라도 걸린 듯 다들 표정과 생각과 마음이 한곳을 향해 걷잡을 수 없이 움직였다.

입은 좀처럼 떨어지지 않았고, 전광판을 향해 부릅뜬 두 눈은 감기지 않았으며, 심장은 계속해서 불안감이 때려 그 고동이 잠시도 잦아들지 않았다.

미국이 무너지려고 한다. 그럼 한반도는?

웅성웅성.

"미, 미국에도 스킬러 나이트들이 있잖아? 걔들은 뭐 했대!"

"거기가 좀 넓어? 우리와 걔들은 다르잖아."

"그래도 우리는 잘 막아내고 있잖아."

"잘 막아내고 있는지 아닌지 어떻게 알아? 네 눈으로 확인해 봤어?"

친구에게 화낼 일이 아님에도 괜히 언성이 높아진다.

사람들은 이 상황을 자신이 제대로 이해하고 있는지 스스로에게, 혹은 지인과 주변인들에게 묻는다.

뉴스 속보를 접한 대부분의 사람은 이 일을 몹시 심각하게 받아들였다.

다쳐 봐야 아픔을 알고, 죽어 봐야 죽음이 제 옆에 늘 도사리고 있었음을 알아차리듯이 북미 저지선의 붕괴가 주는 충격은 가히 폭발적이었다.

"뉴스가 거짓말하겠어? 그랬다간 다들 알 텐데."

"짜증 내서 미안하다. 요즘 같아선 결혼을 왜 했는지, 애들은 왜 낳았는지… 하아, 미쳐 버리겠네."

제 머리를 쥐어뜯는 친구의 떨리는 등을 바라보며 남자는 깊은 한숨을 내쉰다.

'휴우, 노총각이라서 다행인 건가?'

토닥토닥.

"야야, 힘내라. 힘내. 네가 흔들리면 제수씨랑 조카들의 심정은 어떻겠냐? 가장이면 가장답게 듬직한 모습을 보여줘야지. 안 그러냐? 친구야."

"…그래, 그래야지. 오늘 한잔하기로 한 거 취소하자. 마누라도 저 뉴스를 봤을 텐데."

흙빛이 된 친구의 표정을 보니 도저히 붙잡을 수 없다.

"그래, 얼른 들어가라. 내 안부도 전해주고."

"미안하다… 나중에."

"들어가라."

후다닥.

노총각의 어깨 위로 고독이 내려앉는다.

그것의 다른 얼굴은 공포였다.

혼자라서 다행이다? 과연 자신은 그걸 다행으로 여기고 있는 것일까? 인생의 마지막 순간을 누군가와 함께 보내고 싶은 건 아닐까? 남자는 주변을 둘러본다.

누군가 자신의 손을 잡아주었으면, 괜찮다면 함께 마지막을 보내자고 말해주었으면.

하지만 누구도 이 남자를 돌아보지 않고 스쳐 지나간다.

화들짝 놀란 시민들은 부랴부랴 가족의 품으로 돌아가기 시작했다.

사람들로 북적거리던 번화한 도심은 이제 명절 오후처럼 정적과 한산함만이 감돈다.

현성은 민연과 아연, 희연 자매와 함께 외식을 위해 시내로 나왔다가 전광판의 뉴스 속보를 보게 되었고, 사람들 사이에 흐르던 침묵과 공포 역시 보게 되었다.

그리고 굶주린 늑대를 피해 달아나는 양 떼의 혼란한 얼굴도 볼 수 있었다.

우르르.

희연이 씁쓸한 표정으로 말한다.

"다들 늑대 소굴에 던져진 어린 양 같은 표정이네."

그녀의 말은 모두의 공감을 불러일으킨다.

아무래도 오늘의 외식은 포기해야지 싶다.

"오빠, 우리도 집에 가요. 식구들이 보고 싶네요."

아연이 조용히 말하자 민연도 이에 동의한다.

모든 생명체에게는 귀소본능이 존재한다.

새는 자신이 태어난 둥지가, 동물은 자신이 태어난 장소가, 사람은… 가장 소중한 이의 곁이 가장 편안한 장소가 아닐까.

"현성 씨, 그냥 가는 게 좋겠어요."

몇몇 가게와 식당이 급히 문을 닫는다.

장사꾼이기 이전에 그들도 가족이 있는 사람들이다.

지구 반대편에서 발생한 사건은 사람들에게 심리적으로 큰 충격을 안겨주었다.

현성이 주변을 스윽 둘러보며 생각한다.

만에 하나라도 거부할 수 없는 모두의 마지막 순간이 찾아온다면 자신은 누구와 어디서 무엇을 해야 할까? 그의 고민은 길지 않았고, 불분명하지도 않았다.

민연, 아연, 희연이 현성을 바라보며 그의 대답을 기다린다.

세 여인을 돌아보며 현성이 말한다.

평소에 잘 짓지 않던 미소를 입가에 머금으며.

"집에 가자."

네 사람은 주차장으로 걸음을 옮겼다, 마치 깊은 최면에라도 걸린 사람들처럼.

하지만 원체 많은 사람이 시내를 빠져나가다 보니 그 인파에 섞여 걷는 것도 쉽지 않았다.

주차장에 도착하더라도 저 꽉 막힌 도로를 보면 어느 세월에 갈까 싶기도 했다.

현성은 세 사람을 골목으로 밀어 넣었다.

"차는 내버려 두고 가자."

이들이 좀 전까지 서 있던 길의 작은 공간은 인파에 흔적도 없이 사라진다.

저곳에 휩쓸렸다간 어딘지도 모를 곳에 난파되지 않을까 싶다.

아이들의 울음소리, 누군가를 찾는 다급한 목소리, 차량의 경적 소리와 욕설이 들린다.

신의 노여움으로 사라져 버린 죄악의 도시 소돔의 마지막이 저렇지 않았을까.

"그래요, 현성 씨."

차 주인은 민연이다.

그녀가 허락한 이상 아연이나 희연이 거부할 리 만무하다.

사람들이 뿜어내는 감정의 파도는 스킬러 나이트인 이들조차 벗어날 수 없었다.

민연이 현성의 손을 굳게 움켜잡는다.

그녀의 손은 땀으로 축축했다.

평소의 그녀였다면 이런 손으로 현성을 붙잡지 않았을 것이다.

아연은 현성이 내민 손을 보며 망설인다.

저 손을 잡아버리면 겨우 추스른 자신의 마음이 또다시 무너져 버릴 것 같아서다.

아연의 심정을 알아차린 희연이 그녀를 대신해서 현성의 손을 붙잡았다.

그러곤 제 손으로 언니를 잡아준다.

자매는 서로를 바라보며 위로와 감사를 나눈다.

"캡틴, 이래도 되지?"

사실 현성의 공간 이동 능력은 또다시 발전하여 신체 접촉 없이도 일정 거리 이내의 사람들과 함께 공간 이동이 가능한 경지에 이르러 있었다.

하지만 현성은 자신의 성장을 그만의 비밀로 간직했다.

자신도 모르는 사이에 자신의 정보가 누군가에게 누출될 것을 우려했기 때문이다.

그리고 이 능력은 유사시를 대비한 비장의 한 수였다.

그러니 어찌 이를 노출하랴.

"그래."

현성이 아연의 표정을 슬쩍 살피며 대답한다.

스팟!

*　　　*　　　*

동이 트려면 아직 두어 시간쯤 남아 있다.

다들 깊은 숙면에 빠져 있을 시간대다.

띠리리리릭.

더듬더듬.

침대 옆의 탁자로 팔을 뻗은 현성은 휴대폰을 쥐어 통화 버튼을 누른다.

그의 가슴팍엔 새우처럼 웅크린 민연이 잠들어 있었다.

민연은 그의 품에서 뒤척였지만 다행스럽게도 깨지는 않았다.

—나다.

예의 없는 시간대에 전화를 건 사람은 유오찬이었다.

하긴 그의 시간은 현성의 시간보다 여덟 시간은 앞서가고 있을 테니 그의 시간으로 보자면 실례가 안 되는 시간일 것이다.

"알아."

—깨운 건가?

"그래."

—아, 미안하군. 시차를 깜빡했어.

"내가 다시 전화하지."

전화를 끊은 현성은 민연이 깨지 않도록 신경 쓰며 침대 밖으로 나왔다.

테라스로 걸어간 현성이 난간을 박차고 날아올랐다.

허공에서 한차례 공중제비를 돈 현성의 다리가 옥상에 사뿐히 내려선다.

그림처럼 우아하고 멋진 동작이었다.

현성과 오찬의 끊어진 통화가 다시 이어진다.

"무슨 일이지?"

오찬이 시차를 깜빡할 리 없다.

그런 정신머리를 가진 어리바리한 녀석이었다면 그는 진작 죽었을 것이다.

그가 사는 세계는 그 자신이 철저하지 않으면 흔적조차 남기지 못하고 사라지는 그런 냉혹한 곳이다.

—진실의 콜로세움이 열린다.

"언제?"

—한 시간 후.

오찬의 대답에 현성은 황당함을 느낀다.

"장난인가?"

—내 목소리가 장난으로 들려? 뭐, 하긴 나도 이런 전화를 받았다면 황당했을 거야.

현성은 몇 분간 침묵한다.

"알겠다. 어디로 가면 되지?"

―영상을 보낼 테니까 거기서 보자고.

"그러지."

통화를 끊은 지 5분도 되지 않아서 영상 문자가 온다.

문자를 확인한 현성의 눈썹이 작게 꿈틀거린다.

'…그곳이군?'

*　　　*　　　*

제 방으로 돌아간 현성은 잠든 민연의 얼굴을 잠시 내려다본 뒤 옷을 챙겨 들고 욕실로 향했다.

옷을 갈아입은 현성의 모습은 더 이상 욕실에서 찾아볼 수 없었다.

현성이 모습을 드러낸 곳은 일전에 에리카와 순죠가 차민연을 미끼로 그를 끌어들였을 때 와봤던 불쾌한 전장으로, 썩은 곰팡내가 진동하던 바로 그 지하 건축물 내부였다.

"어서 와."

그때와 다른 점은 옆에 유오찬이 서 있다는 것이다.

그러고 보니 또 다른 점도 발견할 수 있었다.

벽면에 전에 보지 못한 그을음이 보이고, 공기 중에서는 희미하지만 탄내가 맡아진다.

"둘뿐이군."

"그렇지 뭐. 기분은 어때?"

"별로. 규칙은?"

품속을 뒤적거리던 오찬이 육각형의 판을 꺼내어 보여주었다.

"여섯 개의 퍼즐을 찾아서 이 판을 완성하면 돼. 어린애 장난도 아니고… 일본 애들은 사고방식이 유치하다니까."

"각 층에 하나씩이란 말이군."

"어떻게 알았어?"

이곳을 방문한 경험은 비밀이다.

차민연을 약속대로 무사히 돌려준 에리카와 순죠에게 그 일을 비밀에 부치기로 했기 때문이다.

그 약속을 현성은 잊지 않고 지킨다.

"조각이 들어갈 자리가 여섯 개잖아."

"지금 같은 분위기에서도 평정심을 잃지 않다니 역시 대단해. 이래서 내가 널 인정한다니까. 그래, 네 말이 맞아. 아래로 내려가면서 퍼즐을 하나씩 찾아야 해. 그리고 여섯 개의 퍼즐을 다 맞추면 엘리베이터를 이용해서 지상으로 올라갈 수 있다더군."

각 층마다 무엇이 존재하고 있을지 유오찬은 모른다.

현성 역시 마찬가지다.

전에 이곳에서 물리친 난폭한 돌연변이들이 또 있을지, 아니면 다른 무언가가 있을지는 가 봐야 안다.

"간단하군."

"방식만 보면 간단하긴 해. 문제는 관문마다 무엇이 있느냐. 그것이 우리가 신경 써야 할 관건이지. 후후."

저벅저벅.

현성이 스쳐 지나가자 유오찬이 당황해서 그를 부르며 쫓아온다.

"이봐, 선우 본부장. 작전을 짜야 할 거 아냐?"

걸음을 우뚝 멈춘 현성이 오찬을 돌아보며 한마디 했다.

"돌파 외에 길이 있나?"

"없지."

"그럼 부딪칠 수밖에 없지 않나?"

"막무가내로군."

"그보다 북미 저지선이 붕괴한 건 알고 있나?"

나란히 걸어가면서 현성이 질문을 툭 던진다.

"……"

오찬의 반응에서 현성은 그가 북미 저지선이 뚫렸다는 사실을 전혀 모르고 있음을 알아차렸다.

정보가 차단된 오지에라도 있었던 걸까? 그렇지 않고서야 세계인을 두려움에 몰아넣은 그 사건을 모를 리 없을 것이다.

"…그거 설마 내가 생각하는 그 아메리카 대륙 이야기는 아니지?"

"맞아."

"오, 이런! 어쩐지 위원회의 승인이 빠르게 난다 싶었더니 이유가 바로 그것 때문이었군. 홈, 상황은 어때?"

"자세한 내용은 그 뒤로 보도하지 않더군."

"핵으로 일어선 자, 핵으로 망한다더니. 상황이 생각보다 심각한가 보군. 보도마저 통제한 것으로 봐선."

커다란 강철 문이 두 사람 앞을 가로막고 있다.

대화 역시 철문 앞에서 더는 이어지지 않았다.

이들의 현실은 저 철문 너머에 존재하는 세계다.

그곳을 돌파하지 못하는 한 이들에게 이 건물 밖의 세계는 남의 세상일 뿐이다.

전에 없었던 수동 개폐 장치가 문설주에 붙어 있었다.

오찬이 그곳으로 손을 가져가다가 잠시 손을 멈추고 현성을 돌아본다.

"준비는?"

"열어."

"진실을 위해!"

탁.

오찬이 수동 개폐 장치를 툭 쳤다.

강철 문이 위로 빨려들어 간다.

후욱.

문 안쪽에서 지독한 어둠과 역겨운 악취와 후끈한 공기가 두 사람을 향해 밀려왔다.

광장 곳곳에서 쌍쌍의 횃불들이 밝혀진다.

그것은 안광!

현성의 두 눈은 어둠을 꿰뚫어 보고 있다.

이 장소는 그가 이미 경험한 장소였다.

그때와 다른 점은 쇠기둥으로 만들어진 우리가 없다는 것이었다.

예의 그 우리가 없는 것을 제외하면 광장은 그때나 지금이나 변함이 없었다.

아니, 달라진 부분이 있었지만 털어내도 무방한 변화다.

타앗!

두 개의 그림자가 현성을 향해 몸을 날린다.

오찬이 이를 경고할 틈도 없이 두 그림자는 이미 현성에게 바짝 접근한 상태였다.

굉장한 속도다.

서격.

자색의 눈부신 광검이 현성의 육신과 그 주변을 밝힌다.

그것은 등잔의 심지처럼 활활 타올랐다.

그걸 본 오찬의 두 눈이 화등잔만큼 커진다.

자색의 광검! 그 신비로운 위용은 오찬의 이성을 순간적으로 먹어치운다.

'저… 저런 광검도 있었던가?'

기억을 아무리 헤집어도 오찬의 머릿속에 자광검에 대한 단서는 존재하지 않았다.

"유오찬, 놈들이 몰려온다."

단단하고 빈틈없는 현성의 음성이 오찬의 정신을 일깨운다.

산전수전에 공중전까지 두루 섭렵한 유오찬이다.

이 순간 자신이 무엇을 해야 할지 녀석은 알고 있었다.

"나중에 진솔한 대화 좀 나눠보자고, 선우 본부장."

츄아아앙.

둥글게 말아 쥔 유오찬의 손에서 황금색 광검이 튀어나온다.

자광검과 금광검.

각자의 광검을 치켜든 현성과 유오찬이 이형의 괴물, R을 향해 기합을 내지르며 달려 나간다.

*　　　*　　　*

더듬더듬.

민연의 손이 곤충의 더듬이처럼 움직였다.

'화장실에 간 건가?'

상체를 일으킨 민연이 침대를 다시 한 번 살핀다.

창가로 스며든 푸른 달빛이 현성이 남긴 흔적을 차분히 비춘다.

민연은 화장실로 걸어간다.

문틈 사이로 빛이 보였다.

'화장실에 있는 거구나.'

안도한 민연이 침대로 걸음을 돌렸다.

그가 올 때까지 그의 자리를 자신의 체온으로 따뜻하게 데워놓을 생각으로 민연은 그곳에 몸을 누인다.

잠기운이 덜 가신 눈으로 그녀는 문 틈새로 스며 나오는 빛을 본다.

점점 그녀의 눈꺼풀이 무거워진다.

'큰일 보는 건가?'

잠시만 눈을 감고 있다가 그를 맞이하리라.

이러한 생각으로 민연은 눈을 감는다.

한 걸음 뒤로 물러섰던 잠의 요정이 그녀를 감싸 안는다.

새근새근.

                    *   *   *

현성은 자신의 정면에서 달려오는 R을 향해 일검을 선사했다.

끼아아아아악!

그놈의 목을 날려 버린 현성은 좌측 9시 방향으로 곧장 몸을 돌렸다.

대기를 가르고 튀어 나간 그의 자광검은 미처 이를 못 본 적의 육신을 쉽사리 반으로 쩍 갈라 버렸다.

펄떡펄떡 뛰는 적의 심장이 그의 발아래에서 픅 하고 터져 나간다.

빙글 돌아선 현성의 시선이 허공에서 새로운 적과 맞부딪친다. 이전의 놈들은 상황이 자신에게 유리하든 불리하든 물러서는 법이 없었다.

하지만 지금의 놈들은 그때의 그놈들과 달리 물러설 줄도, 기다릴 줄도, 기회를 노릴 줄도 알았다.

'이놈들… 더 빨라지고, 더 교활해졌다!'

비단 이뿐만이 아니었다.

그때의 놈들에 비해 지금의 놈들은 힘과 스피드 면에서도 월등히 뛰어났다.

자세히 들여다보니 외양적으로도 이전과 차이를 보인다.

뱀의 비늘과 흡사한 짙은 파랑색의 피부 조직은 여전했지만 그 조직이 맞물린 틈새에서 흐르던 점액질을 놈들에게선 전혀 찾아볼 수 없었다.

외관상으로 구분할 수 있는 두 R의 차이점이었다.

그 외 나머지, 하얀 사기 구슬을 닮은 눈이라든가 죽으면 썩은 생선의 살처럼 물렁물렁해지는 비늘은 그때와 같았다.

홀쩍.

현성은 재빨리 뒤로 몸을 뺐다.

그가 서 있던 바닥이 파이고, 허공에선 압축된 공기가 터져 나갈 때처럼 매섭고 날카로운 소리가 났다.

천장에 붙어 있던 놈이 현성의 정수리를 향해 매우 빠른 속도로 낙하한다.

빙글.

몸을 회전하여 반보 옆으로 물러선 현성은 바로 옆을 스쳐 떨어지는 놈을 볼 수 있었다.

체구가 작은 적이었다.

현성은 왜소한 R이 네 발로 바닥에 착지한 그 순간, 회전력을 머금은 다리로 놈을 좌측 2시 방향으로 힘껏 걷어찼다.

그곳은 오찬이 덩치가 큰 두 R을 상대로 혼전을 벌이고 있는 곳이었다.

오찬의 후방으로 미끄럼을 타듯 은밀히 접근하던 R은 현성이 날려 보낸 R로 인해 진로가 발각되었다.

견제용으로 전방을 향해 금광검을 크게 휘두른 뒤 재빨리 물러선 오찬은 몸의 중심을 아래로 낮추고 팽이처럼 몸을 돌렸다.

금빛의 막이 오찬의 전신을 감싸자 그를 향해 접근하던 놈들이 뒤로 몸을 빼낸다.

놈들이 주춤한 사이에 오찬은 벽면을 향해 내달렸다.

쿵.

등으로 벽을 박으면서 움직임을 멈춘 오찬이 참았던 숨을 크게 훅 불어낸다.

"금지된 실험을 하다니 쿠리야마, 이 새끼들이 미쳐도 단단히 미쳤구나!"

울화가 치밀어 오른 오찬이 크게 소리쳤다.

현성은 오찬을 쳐다보지도 않은 채 차갑게 경고했다.

"첫 번째 관문이다. 정신 차려."

"나도 알아."

죽어간 R이 뿌린 체액을 듬뿍 뒤집어쓴 오찬의 전신에선 고약한 악취가 풍겼다.

현성도 별반 다르지 않았다.

모든 죽어가는 것들이 먼지처럼 사라진다면 좋으련만.

첫 번째 관문에 배치된 R의 숫자는 무려 백여 마리에 이르렀다.

처음 이 숫자를 접했을 때 오찬은 완벽한 사지로 걸어왔다고 생각했다.

낙담이 컸지만 한편으론 오기도 치솟았다.

물론 죽을지도 모른다는 생각에 잠시 움츠러들긴 했지만 자신과 어깨를 나란히 한 현성을 보자 든든함과 자신감이 샘솟았다.

'정말이지 내 안목은 내가 봐도 감탄스럽단 말이야.'

지옥일지라도 현성과 함께 간다면 돌파할 수 있지 않을까? 하고 오찬은 생각한다.

서걱.

쿼아아아악!

꾸아아아악!

현성의 자광검이 측면과 상공에서 공격해 오던 두 마리의 R을 동시에 베어버린다.

소수가 다수를 상대하기 위해서는 입구가 좁은 곳이 유리하다. 이전에 현성은 철문과 광장이 이어진 짧은 통로를 이용하여 밀물처럼 무작정 밀려드는 놈들을 섬멸했었다.

그랬던 당시와 달리 지금은 그곳을 이용할 수 없었다.

유오찬이 그의 걸림돌이기 때문이었다.

그렇다고 마냥 불리한 넓은 지형에서 싸우자니 이도 만만치 않게 성가신 요소가 많았다.

오찬이 현성의 이러한 마음을 알았다면 아마 숨이 꼴깍 넘어갈 만큼 욕설을 퍼부었을 것이다.

"통로에서 싸워라!"

현성이 유오찬을 향해 소리친다.

오찬이란 걸림돌을 감수하기로 한 것이다.

"안 그래도 그럴 생각이다."

오찬은 벽을 이용하여 통로를 향해 재빨리 움직였다.

현성이 지원을 해주었기에 그는 무사히 통로로 몸을 옮길 수 있었다.

R은 유오찬보다는 훨씬 강력한 현성을 먼저 제압하려는 전술을 세운 듯했다.

전력의 8할을 놈들은 현성에게 집중했다.

'제길, 명색이 금광의 스킬러 나이튼데… 여기선 내 몸 하나 건사하는 게 고작이라니.'

자괴감에 빠진 오찬의 몸과 마음이 무거워진다.

한편으론 현성의 무지막지한 전투 능력을 향한 질투심과 그보다 더 큰 경외감도 맛보았다.

알려진 광검의 최후 단계인 5단계 적광의 스킬러 나이트라 해도 현성이 선보이고 있는 전투 능력에 비하면 새 발의 피가 아닐까 싶었다.

현성을 중심으로 R들이 원진을 짠다.

지면에도, 그리고 위쪽 천장에도.

모두 현성만 노리고 있었다.

'이놈들… 정신적으로 교감을 하는 건가?'

현성의 표정이 잔뜩 굳어진다.

특유의 포커페이스에 가려져 있었지만.

끼아아아아아!

쿠아아아아아!

*   *   *

네 명의 서양인과 일곱 명의 동남아시아계 외모를 지닌 자들이 CCTV 속 전투 장면을 취한 듯 바라보고 있었다.

한쪽에는 쿠리야마 가문의 두 형제, 나카무라와 이노우에가 보인다.

서양인과 동남아시아계 외모를 한 자들은 경탄을 터뜨리는 반면 나카무라와 이노우에는 질투심과 우려를 내보이고 있었다.

초반 이들은 오찬을 예의 주시했다.

그는 충분히 주목해야 할 만큼 강인한 전사였기에.

하지만 불과 몇 분 만에 사람들의 관심은 자광검을 휘두르는 현성에게로 못 박힌 뒤 떨어지지 않았다.

나카무라와 이노우에를 제외한 열한 명의 사람들은 유오찬이 속한 조직의 위원회에서 파견한 자들로, 이들의 주요 임무는 진실의 콜로세움이 제대로 이행되고 있는지에 대한 감시와 그 결과의 판결이었다.

"도대체 저 광검은 뭐지? 기록에도 없던 거 아니야?"

"그러게. 고문서의 원문에조차 기록되어 있지 않은 광검인데."

"저자에 관한 보고는 빙산의 일각이었어!"

두 서양인이 고개를 내저으며 의구심을 드러낸다.

그 옆, 인도계로 보이는 남자가 두꺼운 안경을 벗어 몇 차례나 그걸 빡빡 닦은 뒤 동공을 확장했다.

그러곤 혼잣말처럼 중얼거린다.

"아… 아찰라나타?"

인도의 토착 신앙인 힌두교의 3대 주신 중 하나인 시바의 별명으로, 이를 아는 자들은 많지 않다.

이 인도계 남자는 조직의 지원으로 인도의 토착 신앙인 힌두교를 연구했던 자로, 신실한 힌두교 신자이기도 했다.

그는 미래의 재앙은 오직 신만이 걷어낼 수 있다고 믿었기에 비밀 국제조직에 투신했다.

이러한 믿음은 지금에 와선 더욱더 견고해졌다.

힌두교의 경전은 천계의 존재들을 천신(Devas : 빛나는 존재)으로 표현한다.

지금의 스킬러 나이트가 바로 천신의 환생이라고 이 남자는 믿고 있었다.

그리고 언젠가 모든 천신을 아우르는 존재가 반드시 이 땅에 나타날 것이라 믿었다.

이 남자는 그 존재를 파괴의 신 '시바'라고 생각했다.

남자는 현성에게서 바로 그 시바 신을 느꼈다.

사람들의 쑥덕거림에 쿠리야마 가문의 형제, 나카무라와 이노우에가 짙은 눈썹을 꿈틀거린다.

　　두 형제는 수하들에게 통제실을 맡긴 뒤 잠시 자리를 비운다.

　　"형님, 선우현성이란 자에 대해 어떻게 생각하십니까? 그는 단순한 최초인이 아닙니다. 그 자색의 광검… 꼭 부동명왕의 구리가라검을 연상케 합니다."

　　"그건 신화일 뿐이야. 그런 게 있을 리가 없잖아."

　　"좀 전에 학자 살만이 중얼거리는 것을 들었습니다."

　　이노우에의 말에 나카무라는 못마땅한 표정으로 턱짓을 했다. 계속 말해보란 뜻이다.

　　숨을 고른 이노우에가 말을 이어나간다.

　　"살만은 아찰라나타를 언급했습니다. 물론 살만의 혼잣말에 혹해서 이런 말을 하는 건 아닙니다. 그자의 광검이 제가 이러한 추측을 할 수밖에 없도록 만든 겁니다. 전 세계를 혼란의 구렁텅이에 몰아넣고 있는 이 일대 사건은 오래전부터 예견되어 왔던 것입니다. 그러니 신화라고 예외……."

　　"그만해라, 이노우에. 넌 다 좋은데 종교로 빠져들면 너무 흐리멍덩하구나. 네 말대로 그가 부동명왕이라면 우리는 신을 향해 복수심을 불태운다는 소리가 아니더냐?"

　　"형, 형님."

　　"됐다. 난 그가 신이든 아니든 상관없다. 중요한 것은 그가 너와 나의 혈족을 죽였다는 사실이다. 그가 설혹 신의 환생이라도 난 그를 용서할 수 없다."

나카무라의 단호함에 이노우에는 더 이상 말해 봐야 소용없다는 것을 깨달았다.

'21세기의 인류는 재수 없게도 신들의 전장에 던져진 것일지도 몰라.'

이 세계로 자신의 수족을 보내어 혼란의 수렁에 밀어 넣은 악신 케찰코아틀루스, 인간을 증오하는 존재.

일체의 악을 굴복시키는 신, 부동명왕.

어쩌면 이 두 존재가 서로 만나야만 비로소 인류의 미래가 결정 나지 않을까.

"처, 첫 번째 관문이 뚫리려 하고 있어!"

"괴… 굉장해. 어떻게!"

안쪽에서 들려오는 사람들의 경탄성을 듣자마자 나카무라와 이노우에는 경주하듯이 통제실로 뛰어들었다.

모니터를 꽉 채운 자색의 신비로운 빛다발이 노도처럼, 바람처럼 그 광장을 질주했다.

폭풍을 연상케 하는 그 광포한 질주를 막아서는 것은 아무것도 없었다.

닿는 족족, 스치는 족족 모든 것이 먼지처럼 펑 하고 한순간에 사라진다.

*　　　　*　　　　*

"하아, 하아."

2층 관문 입구 벽면에 등을 기댄 유오찬은 연방 한숨을 토해 낸다.

기진맥진한 오찬과 달리 현성은 여전히 건재하다.

무한 체력을 가진 전투 귀신!

유오찬은 자신의 눈앞에 서 있는 현성이 어쩜 인간이 아닐 지도 모른다는 생각을 심도 깊게 한다.

인간이라면 절대 좀 전에 자신이 목격한 것과 같은 일방적 인 학살은 불가능할 것이다.

상대가 평범한 인간이라면 또 모를까 개체 하나하나가 지닌 놀라운 능력을 고려할 때 그의 무력을 굳이 단 한마디로 표현 하자면…

'난 판타지를 본 것인가?'

하아.

아직도 얼떨떨한 기색이 오찬의 얼굴에서 가시지 않는다.

겨우 제 마음을 진정한 오찬이 현성을 쳐다보며 물었다.

이것은 그의 진심이다.

"네가 인간이냐?"

말을 토해놓고 보니 상대를 비하하는 발언 같다는 생각이 든 오찬이 서둘러 질문에 살을 보탠다.

"아, 내 말은 그냥……."

현성은 그의 말을 끝까지 듣지 않고 자른다.

지금 그의 내부는, 정확하게는 온몸의 세포 하나하나가 더 이상 뜨거울 수 없을 만큼 펄펄 끓고 있었다.

이 뜨거움은 그 무엇으로도 다스려질 수 없을 것 같았다.

지금도 펄펄 날뛰는 세포들이 그를 향해 소리치고 있었다.

싸우자!

"됐어. 그보다 언제까지 그러고 있을 생각이냐?"

겉으로 드러난 현성은 평상시와 별반 다르지 않다.

그의 포커페이스, 음성, 몸짓은 그의 현재 상태를 거짓말처럼 보이게 만들어 버린다.

"뭘?"

"저녁은 식구들과 오붓하게 먹고 싶다. 그러니 노닥거릴 힘이 남았다면 돕든가, 아니면 가만히 찌그러져 있어줬음 싶다."

가끔씩 치는 현성의 멘트는 살을 얇게 베는 면도날 같고, 어떨 때는 숨이 턱 막힐 만큼 아픈 대바늘 같다.

그러함에도 오찬은 선우현성이란 저 특이한 이력의 남자가 싫지 않았다.

이유는 단 하나였다.

"투신 나셨군. 투신 나셨어. 하아."

강자의 특권이기에.

벽을 지팡이 삼아 몸을 일으킨 오찬은 사실 쉬고 싶은 마음이 간절했다.

앉으면 눕고 싶은 게 사람의 심리다.

아니, 육신의 거부하기 힘든 아우성이다.

하지만 나태와 게으름을 좇아가는 자의 파멸적인 삶을 잘 알고 있기에 때론 억지로라도 무언가를 향해 걸어가야 할 때가 있다.

'이때가 제일 싫어.'

삶은 영원하지도, 길지도 않다.

좋은 것만 보고, 좋은 것만 먹고, 좋은 사람들과 사랑하기에
도 삶은 놀라울 만큼 짧다.

그럼에도 삶 대부분을 좋지 않은 것들에 소비해야 한다.

인간은 행복을 추구할 권리가 있다는데, 대체 어느 인간이
그 행복을 제대로 행사하며 산단 말인가.

'쿠리야마 놈들의 비리를 참관자들도 보았을 터. 그럼에도
놈들이 진실의 콜로세움에 R을 내세운 이유는 그들이 이를 개
의치 않고 있다는 것이겠지? 그럼 내부적으로 R프로젝트가 계
속 진행되어 왔다는 건데.'

오찬은 위기감을 고취시킨다.

몸이 힘들면 마음에 매달리고, 마음이 힘들어지면 몸에 매
달린다.

인간이야말로 진정한 하이 테크놀로지의 총아가 아닐까.

현성이 안 보는 척하면서 오찬을 본다.

오찬이 그를 향해 씩 웃는다.

아직 오찬의 머릿속은 마음의 수수께끼를 푸느라 분주하다.

점점 정답에 가까워질수록 오찬의 마음엔 깊은 주름살이 잡
힌다.

'뜨거운 차돌인가?'

한국 지부만 조직 내에서 왕따가 된 듯한 더러운 기분이다.

식은 감자인 줄 알고 입안에 탁 털어 넣었더니 그것이 실은 뜨겁게 달궈진 차돌일 줄이야.

이 차돌은 벌써 입안을 모조리 녹여 버려서 항변조차 마음대로 할 수 없게 한다.

하긴 약자가 누구에게 이를 꼬치꼬치 따져 물을 수 있으랴.

벙어리 냉가슴 앓듯 참을 수밖에.

드디어 몸을 온전히 바로 세운 오찬을 확인한 현성이 말한다.

"입구 쪽에 붙어 있어라."

"배려인가?"

"마음대로 생각해."

"크크. 구출만 기다리는 얌전한 공주님이 되란 거로군. 그것도 나쁘진 않지. 좋아, 정중하게 그 뜻을 받아들이겠어. 혹시라도 뭐, 그럴 리는 없어 보이지만 필요하면 불러."

저 남자의 끝은 어디일까? 쿠리야마가 뿌려놓은 똥 무더기 위에서 개화하는 선우현성을 보는 것도 나쁘진 않으리라.

새로운 목적을 찾은 오찬의 표정이 한결 여유로워진다.

"문이나 열어."

"백마 탄 왕자님의 뜻이라면. 후후."

툭.

두 번째 관문의 개폐 장치를 밀어 치는 오찬이다.

앞서처럼 철문은 위로 빨리듯이 사라진다.

지독한 어둠이 이들을 향해 아가리를 쩍 벌린다.

그곳을 향해 현성은 무심한 얼굴로 걸어 나간다.

츄아아아앙!

자색의 신비로운 광검이 현성의 손에서 솟구쳤다.

그 빛의 검을 앞세운 그는 통로 중앙에서부터 광장을 향해
비호처럼 내달린다.

"덤벼라!"

제44장

파죽지세

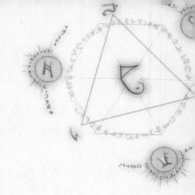

　문 틈새로 빠져나온 빛을 더 이상 알아볼 수 없을 만큼 현성의 방 안은 빛으로 충만해졌다.

　언제부턴가 현성의 방은 음과 양이 조화를 이룬 따뜻한 둥지로써의 역할을 하고 있었다.

　지금 그의 둥지엔 덩그러니 여자만 홀로 놓여 있다.

　불룩한 베개를 바라보던 민연이 화장실을 향해 목소리를 높인다.

　"현성 씨! 화장실에 있어?"

　대답이 없다.

　침대에서 내려선 민연은 화장실 문을 두드린다.

　그러곤 다시 한 번 현성의 이름을 힘주어 불러본다.

정적.

광검 5단계 중 가장 아래 단계인 1단계 청광의 스킬러 나이트에 불과하지만 그녀의 감각은 일반인의 관점에서 보면 초감각이다.

화장실 문이 아무리 두꺼워도 어찌 그녀의 초감각을 튕겨낼 수 있을까.

역시나 화장실 안은 비어 있었다.

문을 열고 내부를 두 눈으로 확인한 민연의 표정이 살짝 굳는다. 변기 위의 선반에서 그녀는 현성이 벗어놓은 잠옷을 발견할 수 있었다.

그의 잠옷을 집어 든 민연은 밖으로 나와 휴대폰을 꺼내어 그에게 연락한다.

통화권 이탈이라는 정중한 안내 멘트가 흘러나온다.

"또, 사라진 거야?"

민연은 특본 현성의 사무실로 전화를 걸었다.

그가 받길 바라던 그녀의 바람은 이슬처럼 헛되이 그 자리에서 증발한다.

서둘러 씻고 1층으로 내려온 민연은 평소와 다름없는 식구들을 볼 수 있었다.

간밤에 현성이 사라졌지만 누구도 이 사실을 알지 못하고 있다. 여느 날과 다름없는 그들의 평화를 민연은 방해하고 싶지 않았다.

"잘 잤니."

"예, 아버지. 안녕히 주무셨어요?"

아버지 차기수의 부드러운 아침 인사에 민연 역시 그에 합당한 태도로 답했다.

어색한 표정을 숨기기 위해 민연은 아버지에게서 고개를 돌린다.

다행히 그녀의 어색함을 차기수는 알아보지 못했다.

수건을 목에 척 걸치고 나온 민얼굴의 준희가 민연과 정면으로 시선을 마주친다.

"잘 잤어? 현성 씬?"

거짓말을 할 차례다, 모두가 걱정하지 않도록 하기 위해서.

민연은 내심 심호흡을 한다.

이탈리아에는 진실의 입이 있다.

산타 마리아 인 코스메딘 성당의 한쪽 벽면을 장식한 그 진실의 입은 지름 1.5m로, 원래는 하수도 뚜껑으로 사용되었다고 한다.

이 얼마나 놀라운 일인가.

진실의 입이 실은 버려진 더러운 물을 틀어막은 마개였다니.

"피곤한가 봐. 요즘 일이 좀 많았잖니."

"하긴 고담의 배트맨, 뉴욕의 스파이더맨만큼이나 바쁜 남자가 현성 씨겠지."

비꼬는 말처럼 들릴 수 있다.

그러나 그 누구도 준희가 현성을 비꼬아서 그런 말을 한다고는 생각하지 않았다.

선우현성이란 남자는 실제로 고담의 배트맨, 뉴욕의 스파이더맨과 동급 혹은 그 이상으로 바쁜 남자이기 때문이다.

　적어도 배트맨과 스파이더맨은 원맨쇼를 하지만 선우현성이란 남자는 심지어 조직을 관리하는 리더가 아닌가.

　"계집애는 비교를 해도 꼭 쫄맨과 하지."

　"걱정 마. 그의 그곳은 한 번도 유심히 관찰하지 않았으니까."

　거실에 앉아 신문을 보는 차기수, 라디오를 켜 든 김정호는 점잖지 못한 두 여인의 대화에 그만 얼굴이 빨갛게 물든다.

　두 건전한 어른들이 헛기침은 옵션이다.

　여자들의 음담패설을 들어본 적이 있는가? 그들의 섬세한 테러를 여과 없이 듣게 된다면 모르긴 몰라도 남자들의 멘탈엔 분명 메워지지 않는 구멍이 생길 것이다.

　"엉큼해요, 조준희 양."

　"얌전한 고양이보단 덜할걸. 호호."

　민연은 현성이란 부뚜막에 올라앉은 얌전한 고양이다.

　이번엔 민연의 볼이 빨개진다.

　손 브이 자를 허공에 그리며 자신의 승리를 알린 준희는 총총걸음으로 방으로 들어간다.

　준희와의 짧은 대화로 민연은 보다 마음이 편안해졌다.

　잠시지만 말이다.

　민연은 현성과 자신 사이에 결코 넘어설 수 없는 벽 같은 것이 설치되어 있는 게 아닐까라는 생각이 들었다.

　어딜 가면 간다고 말이라도, 아니면 쪽지라도 남기고 갈 것이지.

2층으로 올라가는 민연의 어깨가 유난히 무거워 보인다.

아연이 민연의 뒤를 조용히 따른다.

"민연 언니."

"어? 응, 왜?"

민연이 돌아서서 아연을 봤다.

아연을 대할 때마다 민연은 양심이 찌르르 하곤 했다.

그것은 가책의 아픔도, 잘못을 인정하는 양심수의 고백도
아니다.

사랑은 두 개의 손이 마주쳐야 소리가 난다.

그러니 민연이 그녀로 인해 가책 받을 이유란 사실 없었다.

그럼에도 아연을 대할 때마다 민연의 마음이 찌르르 한 이
유는 그녀가 여동생 같아서였다.

아연이 자그맣게 묻는다.

"오빠 또 사라졌죠?"

"응."

"언니, 걱정 마세요. 오빤 말없이 잘 사라져도 언제나 돌아
오니까요."

"고마워, 아연아."

"아니에요."

아연은 생인손을 꼭꼭 감춘 채 혼자서만 아파하고 있다.

여기엔 처방전도 없고, 약도 소용없었다.

그저 세월이 그녀가 앓고 있는 생인손의 유일한 치유제다.

민연은 아연이 보다 일찍 그 치유제의 효과를 보길 바랐다.

짝사랑, 첫사랑은 이루어지지 못해서 아름답지만 또 그 때문에 몹시 아프니까.

그 아픔도 어느 날부터는 가슴 따뜻한, 엷은 웃음을 향기처럼 뿌리는 추억이 된다.

'아연아, 현성 씨가 너에게 추억이 되었으면 좋겠어.'

돌아서서 내려가는 아연을 빤히 바라보던 민연이 그녀의 이름을 나직하게 부른다.

"저기, 아연아."

"예?"

"저녁에 나랑 밖에서 식사할래?"

"둘이서요?"

"응, 그래 줄 수 있겠어?"

아연의 마음속에서 긴장감이 슬금슬금 기어 나온다.

혹시 자신의 마음을 그녀에게 들킨 게 아닐까? 그래서 그녀가 자신을 근사한 식사 자리에 초대한 뒤 '이 집에서 나가줄래?'와 같은 일방적인 통고를 하려는 건 아닐까.

불편한 상상은 자유지만, 그 자유는 대가로 걱정과 근심을 동반한다.

아니, 아연에겐 두려움에 가까운 감정이다.

만약, 만약에 민연에게서 그런 말을 듣게 된다면 자신은 무슨 대답을 해야 할까.

피해야 할까? 아니면 정면으로 부딪쳐야 할까.

머릿속이 복잡해지는 아연이다.

"그래요, 언니."

"그럼 퇴근 시간쯤에 연락할… 아니, 네 사무실로 갈게."

"예."

돌아선 아연의 표정이 급격하게 어두워진다.

민연만 없었다면 그녀의 자리에 자신이 있었을지도.

'바보 같아.'

                    *   *   *

서걱.

단단한 각질이 부드러운 속살처럼 잘려 나간다.

그 틈새로 뿜어지는 액체가 끈적끈적하다.

몸을 흔들어 털어내는 양보다 덮쳐 오는 양이 더 많다.

이형의 슬픈 짐승이 토해내는 비명과 살의로 가득한 소리는 굳은살처럼 고막에 다닥다닥 달라붙어 떨어지지 않는다.

휘익.

서걱, 서걱. 툭툭.

몸을 반쯤 돌리고 바닥을 박찬다.

뛰어오른 몸이 지면 위 65센티미터에서 반회전했다.

팔이 약간 굽은 상태로 그가 광검을 힘차게 뿌리듯 휘두른다.

자색의 신비로운 광검은 굵고 얇은 목줄기를 지나 새로운 적을 찾아 뻗어나간다.

힘차게 펄떡이는 적의 심장을 뚫고 지나간 광검이 가장 가까운 바깥으로 쉬지 않고 이동한다.

서걱!

데구르르.

굴러가는 두 개의 머리통이 허공에 뜬 그의 발치를 흠뻑 적셨다.

그의 시야를 가린 R의 몸뚱이가 쓰러진다.

새로운 적이 그의 시야에 잡힌다.

놈은 그를 향해 무서운 속도로 달려든다.

허공에서 무릎을 가슴으로 당긴 뒤 적의 넓고 단단한 어깨를 밀어 찬 힘으로 현성은 후방으로 몸을 날렸다.

새로운 놈이 현성을 향해 크고 두툼한 손을 휘둘러 오고 있었다.

'늦어!'

현성이 속으로 내뱉는다.

그를 공격했던 적은 얼굴의 반이 날아가 풀썩 쓰러진다.

그가 지면에 착지하자마자 공격의 기회를 엿보고 있던 세 마리의 R이 천장에서 몸을 날린다.

쉬익!

다시 한 번 몸을 날린 현성은 번갯불처럼 빠르게 이 세 놈을 베어낸 뒤 발치에서 튀어 올라온 놈의 머리통을 힘껏 밟아 그 힘을 이용하여 멀찍이 몸을 날렸다.

눈앞에서 현성을 놓친 놈들이 일제히 무시무시한 괴성을 토한다. 순식간에 네 마리의 R을 처치한 현성은 잠시도 쉴 틈이 없었다.

아직 적은 많았다.

서걱!

키에에에엑!

꾹!

현성의 광검이 사선을 긋자 두 마리의 R이 동시에 단말마의 비명을 내지르며 무너진다.

아직 안심하긴 이르다.

두 마리의 R이 그의 좌우를 노리고 무시무시한 속도로 달려들고 있었다.

일검에 두 마리를 동시에 베어내려면 놈들의 속도와 위치를 고려해야 한다.

한 번에 두 놈을 베어내기가 참으로 애매하다.

현성은 둘 중 하나를 선택했다.

그의 우측을 노리고 달려드는 놈이다.

놈이 그를 향해 팔을 쭉 뻗는다.

맨주먹이라 하여 이를 무시할 수는 없다.

저 주먹의 파괴력은 두꺼운 바위조차 단숨에 쪼개 버린다.

'짧아!'

위력적인 주먹이지만 맞지 않으면 상관없다.

상체를 옆으로 살짝 기울인 현성은 놈을 향해 곧장 광검을 찔러 넣었다.

광검이 놈의 몸속으로 미끄러지듯 쑤욱 들어간다.

켁!

그의 움직임은 물이 흐르듯 자연스럽고, 바람처럼 신속하며, 결정은 번개처럼 빠르다.

주저하고 멈추면 위험은 배가된다.

그래서 잠시도 쉴 수 없고, 일말의 자비심도 베풀 수 없었다.

세 쌍의 눈동자와 한 쌍의 검은 눈동자가 짧은 순간 직면한다.

자잘한 비늘로 덮인 여섯 개의 강력한 팔이 현성을 향해 쭉 뻗어 나간다. 놈들의 괴성은 덤이었다.

그 덤은 흘리고, 여섯 개의 선물만 접수한다.

여섯 개의 팔이 몸통에서 떨어져 나와 피를 뿌리며 비산했다.

R이라고 해서 고통이 없는 게 아니다.

다만 그 고통의 강도가 아주 약할 뿐이다.

놈들의 미약한 그 고통을 현성은 단숨에 끊어버렸다.

그러곤 새로운 적을 향해 몸을 날린다.

"선우현성… 저 녀석의 전투는 희대의 걸작일 거야."

감탄도 이제 지겨워진 오찬이다.

목숨을 여벌로 가진 자라면 전투가 덜 두렵지 않을까? 하나의 목숨을 잃어도 대체 가능한 목숨을 갖고 있으니까.

하지만 단언하건대 저 남자는 겨우 하나의 목숨만 갖고 있음에도 전투를 두려워하지 않는다.

싸울수록 점점 더 강해지는 것 같다.

대체 저런 남자를 어떻게 정의할 수 있을까.

쩌어억.

마지막 한 마리 남은 R이 정수리부터 사타구니까지 정확하게 잘려 양옆으로 풀썩 쓰러졌다.

누군가는 그저 커튼을 젖혀 아침을 맞이한다.

하지만 저 앞에 선 남자는 생명체를 쩍 가르는 특별한 일과를 보내고 있다.

저 특별한 행위가 왠지 저 남자에게는 평범한 자들의 일상처럼 보이고, 잘 맞는 옷처럼 느껴진다.

"여기, 두 번째 조각이다."

현성의 손에서 떠난 조각이 오찬의 손으로 빨려들어 갔다.

오찬은 육각형의 패에 조각을 끼워 맞춘다.

여섯 개 중 두 개가 이로써 확보됐다.

이 상태로 쭉쭉 밀고 나간다면 나머지 네 개도 쉽게 찾아서 끼워 맞출 수 있으리라.

"땡큐. 그보다 몸은 어때?"

"문제없다."

"갑질의 궁극을 보여주는군."

갑질이란 갑(甲)에 어떤 행동을 뜻하는 접미사인 '질'을 붙인 것이다. 즉 위계가 높은 사람, 또는 대상—갑—이 권리관계에서 약자 '을(乙)'에게 하는 부당 행위를 통칭하는 말로 쓰인다.

쿠리야마 가문이 그들의 복수를 위해 세운 진실의 콜로세움에서 실은 그들이 갑이 아니라 을이었음을 현성이 몸소 통쾌하게 보여주고 있었다.

어딘가에서 이곳을 지켜보고 있을 놈들의 표정이 절로 연상된다. 제대로 숙성된 똥을 씹은 표정일 게다.

정말이지 저런 전우라면 부모와 자식을 팔아서 곁에 두어도 아깝지 않을 것이다.

허파에 구멍이 난 사람처럼 실실 웃는 오찬을 향해 현성이 한마디 한다.

"살 만한가 보군."

"당연하지. 그보다 여기서 나가면 제일 먼저 뭘 하고 싶어? 원하는 게 있다면 다 들어주도록 하지. 술? 여자? 고급 차? 전용기? 대저택? 말만 해. 대한민국을 통째로 팔아서라도 네가 원하는 걸 들어주도록 하지."

현성의 성품을 알기에 이리 장담하는 오찬이다.

"필요 없다."

기대를 저버리지 않는 현성의 대꾸에 오찬은 매우 만족한다.

사실 오찬이 현성을 신뢰하는 이유가 바로 이 때문이다.

과유불급이 끼치는 해악을 아는 지혜로움.

"정말이지 검소한 전우라니까. 그래도 하고 싶은 건 있겠지? 말해봐. 너무 미안해서 뭐든 들어주지 않으면 안 될 것 같아서 말이야."

"바지락 칼국수."

"칼국수라고 했어? 내 귀가 잘못됐나?"

다시 한 번 말해보라는 표정으로 자신을 바라보고 있는 오찬을 싹 무시한 현성은 철문을 향해 걸음을 옮긴다.

*　　　*　　　*

CCTV를 통해 두 남자의 능력, 아니, 한 남자의 진가를 열세 쌍의 눈이 확인한다.

그들의 표정에선 거대한 파문이 일어나고 있었다.

충격을 넘어선 경악.

두려움을 넘어선 황당함.

살만의 목소리가 흔들린다.

"그는 최초의 스킬러이자 최강의 스킬러 나이트가 분명해."

아무도 살만의 단정을 반박하지 않는다.

오히려 그의 표현이 약소하게 다가올 지경이었다.

이 자리를 마련한 쿠리야마 가문의 나카무라와 이노우에 역시 마찬가지다.

'…확신할 수 없다.'

나카무라의 표정이 점점 더 무거워진다.

에리카와 순죠가 왜 임무에 실패했는지 알 것 같았다.

당시 그들을 비웃었던 자신의 모습이 불쑥 떠오른다. 그들보다 자신이 더 나은 점이 무엇이란 말인가.

혈통, 인맥, 학연, 지연 기타 등등의 점들이 그들보다 더 나을 뿐 실상은 개천을 딛고 나온 그들이나 자신이나 저기 저 선우현성이란 자 앞에선 도토리 키 재기가 아닐까 싶었다.

그래도… 아무리 그렇더라도 지금에 와서 모든 것을 인정하고 물러서는 것은 가문의 이름을 욕되게 하는 일이었다.

호랑이는 죽어서도 호랑이로 남아야 한다.

그러자면 위엄을 지켜야 하지 않을까.

'원인 제공을 한 당사자가 꼭 값을 치르란 법도 없지.'

나카무라의 머릿속에선 복수의 우회 도로가 뻗어 나간다.

그 도로 위를 계획이란 이름의 차량이 속도를 높여 달렸다.

번뜩!

제 형을 바라보고 있던 이노우에의 눈동자에 우려의 빛이 스쳐 지나간다.

"4층으로 들어갔어!"

그때 살만의 뚜렷한 목소리가 장내를 때렸다.

모두의 시선이 다시 CCTV 속으로 빨리듯 들어간다.

그때 나카무라가 조용히 일어나더니 통제실을 빠져나간다.

오직 그의 동생 이노우에만이 이를 알아차릴 뿐이다.

*   *   *

3층에서의 전투 중반쯤부터 현성은 급격한 피로감에 휩싸였다.

피로감은 현성의 감각부터 잠식하여 무디게 만들었다.

"이번엔 내가 선봉을 맡도록 하지."

현성의 상태를 알아차린 것일까? 오찬이 현성을 가로질러

가며 말한다.

사실 오찬의 전투력도 만만치 않다.

비교 대상이 현성이라서 그가 약해 보일 뿐이다.

"좋을 대로."

무리해서 좋을 건 없다.

오찬이 피식 웃으며 말한다.

"쓸데없는 고집이 없어서 좋단 말이야, 넌."

"통로 입구를 맡아. 후방은 내가 처리하지."

"내 뒤통수 잘 지켜줘. 저런 놈들이 내 뒤통수 때리는 건 딱 질색이라서. 크크."

우우우우웅.

오찬이 자신의 광검을 발출했다.

찬란한 황금빛 기둥이 그의 둥글게 말아 쥔 손 안에서 빠른 속도로 솟구치며 온전한 검의 형상이 된다.

광검이 발산한 빛에 어둠이 밀려 나가자 이 어둠을 대신하여 백색의 두 눈을 가진 이형의 슬픈 생명체들이 괴성을 내지르며 몰려든다.

모닥불을 향해 돌진하는 불나방처럼 그들에게선 두려움도, 망설임도 없다.

저들의 머릿속에 들어 있는 건 단 하나, 강탈자—인간—에 대한 무한대의 증오뿐이다.

오찬은 방파제가 되어 살기로 뭉쳐진 해일 앞에 우뚝 선다.

숨을 크게 들이켠 오찬이 힘껏 소리친다.

"내가 대한민국의 유오찬이다. 다 덤벼!"

*   *   *

—에리카 언니, 저 아유메예요.

"벌써 도착한 거니?"

—아뇨, 모임에 불참해야 할 것 같아서요. 다른 분들께 양해 부탁드려요.

도쿄 전선 후이넘 토벌 부대에 소속된 나나세 에리카는 오랜만에 이틀간의 꿀 같은 휴무를 맞이하여 지인들과의 저녁 식사 자리를 마련했다.

에리카는 아유메 이외에도 앞서 몇 명의 사람들에게 개인적인 이유, 혹은 긴급 임무가 하달되어 모임에 참석할 수 없다는 전화를 받았다.

한두 명이면 그럴 수 있겠지만 아유메까지 합치면 그 숫자가 무려 여덟이었다.

모임에 참석하기로 한 사람의 삼분의 일이 불참이다.

에리카는 이 일이 쿠리야마 가문의 비열한 음모가 아닐까 하고 의심했다.

"무슨 임문지 물어봐도 되니? 아유메."

—임무 내용은 저도 모르겠어요. 느닷없는 통보라서.

"음, 알았어. 혹시 나중에라도 시간 되면 연락 줘."

—예, 그럴게요. 오랜만에 모이는데 빠져서 죄송해요.

"아냐, 임무 때문인데 어쩌겠어. 그럼 수고해, 아유메."

—예, 언니.

통화를 종료한 에리카를 하세가와 순죠가 바라본다.

"아유메도 불참이래?"

"응."

"구린 냄새가 나는데. 킁킁."

"기분 참 더럽네."

"휴우, 어쩌겠어. 기선이 눌린 우리가 할 수 있는 일은 없잖아. 그래도 다른 사람들은 모임에 참석하니까 서두르자고."

"기분 팍 새네."

순죠가 에리카의 어깨를 두드리며 격려한다.

"힘내, 아직 우리에게도 기회는 있어."

"걱정 마. 이런 일로 주저앉을 나나세 에리카 님이 아니니까."

"이제야 너답네. 그런데 뭔가 이상하네."

"뭐가?"

"아유메 외 칠 인은 전부 증폭 능력자잖아."

순죠의 지적에 에리카는 그제야 불참자들의 공통점을 깨달았다. 이들의 공통점은 스킬러의 힘을 증폭시키는 능력자라는 것이다.

'쿠리야마 녀석들이 관심을 가질 사람들이 아닌데.'

아유메를 비롯한 능력 증폭의 스킬러들은 비전투 요원으로 분류되어 있는 이들이었다.

그런 자들이 한날한시에 임무를 부여받다니.

이 일을 심도 있게 조사해야 할지, 아니면 모른 척 넘어가야 할지 에리카는 이 순간 갈피를 잡을 수 없었다.

이러한 마음은 순죠 역시 마찬가지였다.

하지만 생각과 명령은 순죠의 몫이 아닌 에리카의 고유 권한.

"자숙을 깰 순 없겠지, 순죠?"

"상황을 지켜보자고. 놈들이 우리에게 해를 가할 생각이었다면 참석자들의 휴무 스케줄을 미리 바꾸지 않았겠어?"

"그렇긴 해. 그렇다면 놈들이 우릴 겨냥한 것이 아니라는 건데."

"자자, 생각은 나중에 하고 빨리 가자고. 이러다 늦겠어."

에리카의 양어깨를 잡은 순죠가 그녀를 일으킨다.

"알았어. 차를 가져갈 거야. 순죠가 운전해 줘."

"왜?"

"만약을 위한 카드잖아, 공간 이동은."

"오케이~ 달려보자고, 그럼."

*   *   *

대한민국 내 특별 자치 구역.

경상도는 풍선처럼 마음이 크게 부풀어 있었다.

그가 그토록 고대했던 선화와의 데이트가 오늘 성사되었기 때문이다.

집에서 매일 보는 것과 단둘이서만 무엇을 한다는 것은 엄연히 다르다.

이 흥분과 설렘은 그 무엇으로도 설명할 수 없었다.

지하를 안고 있던 준희가 싱글벙글 웃는 그를 향해 눈짓으로 신호를 보낸다.

사실 두 사람이 데이트할 수 있도록 조력하고 일을 성사시켜 준 일등 공신이 바로 준희였다.

그녀의 지원이 없었다면 상도의 바람은 결코 이루어지지 않았을 것이다.

"선화 씨, 대문 앞으로 오세요. 차 대령할게요. 하하."

오늘을 위해 상도는 고가의 승용차인 벤츠 메르세데스를 뽑았다.

예전의 그였다면 상상조차 할 수 없는 고급 외제 차였지만 지금은 마음만 먹으면 얼마든지 구매 가능한 차이기도 했다.

상도의 뒷모습을 바라보던 선화는 걱정스러운 표정으로 준희를 돌아보았다.

"준희야, 지하 잘 부탁해."

"걱정 말고 신나게 놀고 들어와라. 진도 너무 빼지 말고. 호호."

"얘, 얘는. 지하야, 엄마 갔다 올게."

방긋 웃는 지하의 작은 얼굴을 들여다보는 선화의 마음은 불안하기만 했다.

이는 선화를 못 믿어서도 아니고, 식구들을 못 믿어서도 아니었다.

단 한 번도 제 딸의 곁을 떠나본 적이 없어서였다.

준희가 그런 선화를 대문 쪽으로 밀고 간다.

승용차에 등을 기대고 한껏 폼을 잡고 있던 상도가 황급히 몸을 바로 세웠다.

"준희 씨, 그럼 갔다 올게요. 우리 지하 잘 부탁드립니다."

"예예, 걱정 마시고 가세요. 호호."

상도는 준희에게 손가락 경례를 멋지게 날려준 뒤 가속 페달을 힘껏 밟는다. 부드러운 엔진음과 함께 차량은 곧 준희의 시야에서 사라졌다.

엄마가 곁에 없는 것을 느낀 듯 조용하던 지하가 갑자기 칭얼거린다. 준희는 지하를 달래며 집 안으로 종종걸음 치다 걸음을 멈췄다.

넓은 마당과 큰 집이 그녀의 눈에 들어왔다.

영화나 드라마에서나 볼 수 있을 뿐 그녀의 삶에선 크게 동떨어진 집이었으나 지금은 저곳에 자신의 삶이 녹아들어 있었다.

'식구 절반이 뭉텅 빠져나가서 휑하네.'

현성, 민연, 아연, 희연마저 집에 없다 보니 오늘따라 저 큰 집이 더 휑한 느낌이다.

"상도는 갔습니까?"

작업복에 묻은 흙을 툭툭 털어내며 걸어오던 정호가 준희에게 말한다.

허전함을 털어낸 준희는 언제 그랬냐는 듯 평소처럼 밝은 표정을 드러낸다.

"예, 그리고 말씀 낮추세요. 제가 승희 아버님보다 한참 어린데."

"나중에요. 나중에."

"참, 언니 컨디션은 어때요?"

"…좋아요."

정호의 표정은 곧 씁쓸함을 담아냈다.

그의 아내는 지금 이 순간에도 서서히 죽어가고 있다.

아니, 실은 빠르게.

집중 치료조차 더 이상 그녀의 생명을 연장시킬 수 없는 상태였다. 매일매일 정호의 아내는 진통제에 의지하며 생활하고 있었다. 죽어가는 아내, 엄마를 둔 가족을 위로할 만한 말은 찾기 힘들다.

준희는 대화의 방향을 바꾼다.

"오늘 저녁은 제가 하기로 했어요. 어떨지는… 알죠? 저 실력 없는 거. 호호."

"아… 도울까요? 자취 생활 육 년 차 경험잔데."

"됐어요. 집 안에 여자가 몇인데. 걱정 마세요. 승희와 제가 멋지게 한 상 차릴 테니까요. 술 한잔하실래요?"

"좋죠."

인연과 인연이 연결되어 맺어진 식구다.

오빠 같고, 여동생 같고, 아버지 같고 형제자매 같다.

살아온 날에 비하면 이들이 함께 모여 산 기간은 짧았지만 때론 시간의 길이에 상관없이 끈끈한 정이 생길 때가 있다.

현성의 집에 모여 사는 이들이 바로 그와 같은 경우였다.

집 안으로 들어선 준희는 지하를 민호에게 맡겼다.

지하의 칭얼거림은 민호 품에 안기자 언제 그랬냐는 듯 감쪽같이 사라진다.

이에 준희는 어이없어 하는 표정으로 한숨만 푹푹 내쉰다.

'요런 앙큼한 것.'

준희는 승희와 함께 저녁을 준비하기 위해 주방으로 들어갔다. 국을 데우고, 냉장고에서 밑반찬을 꺼내어 그릇에 담았다.

째깍째깍.

시간은 흐른다.

저녁상을 물린 자리에 술상이 차려진다.

차기수, 김정호, 준희가 술상에 둘러앉아 불콰한 술자리가 이어졌다.

한쪽에선 민호가 지하를 데리고 놀았고, 베란다 바깥쪽 정원에선 승희가 아픈 어머니와 함께 앉아서 밤하늘의 별을 눈물로 센다.

*　　　*　　　*

유오찬의 입에서 연방 신음이 흘러나온다.

1층보다 2층이 어렵고, 2층보단 3층이 더 힘들었다.

그리고 4층은 3층의 세 배쯤 더했다.

이곳, 4층에서 유오찬은 부상을 당했다.

적시에 현성이 도와주지 않았다면 오찬은 부상 정도로 끝나지 않고 죽음을 면치 못했을 것이다.

"어때?"

갈비뼈가 부러진 유오찬은 호흡조차 힘들어 했다.

살짝만 몸을 뒤척여도 녀석의 얼굴은 주름 가득한 번데기가되었고, 얼굴은 잘 익은 홍시처럼 빨개져선 온몸을 파들파들떨었다.

부러진 갈비뼈가 그의 근육과 내장과 신경을 자극했기 때문이다.

저 몸으로 싸움은 무리다.

자칫 부러진 갈비뼈가 심장을 찌르기라도 한다면 그 길로그의 삶은 세상과 영영 작별이리라.

"안 괜찮아."

"병원이라도 가보는 게?"

"으… 다 된 밥에 재 뿌릴 일 있어? 그것도 이 유오찬이가."

둘 중 하나가 진실의 콜로세움에서 죽는 건 괜찮다.

하지만 둘 중 하나라도 이곳을 벗어난다면 그 순간 진실의콜로세움은 이들의 패배로 결정된다.

이러한 규칙을 잘 알고 있는 유오찬이 지금에 와서 이를 포기할 리 만무하다.

"네 뜻이 그렇다니 더는 권하지 않으마."

"으음, 그래도 좀 쉬자."

유오찬을 물끄러미 내려다보던 현성은 말없이 그의 옆에 주저앉았다.

R이 풍기던 특유의 체취에다 놈들의 시체에서 흘러나온 피와 부서진 내장까지 빠른 속도로 부패하면서 악취는 말할 수 없이 심했다.

모르긴 해도 이 냄새를 처음 맡는다면 그가 누구든 필시 토악질을 해대느라 정신이 없을 것이다.

그다음으로는 눈앞에 펼쳐진 끔찍한 참경에 놀라 오줌을 지리며 주저앉으리라.

"네 어깨에 좀 기댈 수 있냐?"

유오찬이 얼굴에 장난기를 피운다.

곧 죽어도 약한 모습을 보이지 않겠다는 사내의 자존심이다.

현성은 이를 존중해 주었다.

울며 징징거리는 것보단 훨씬 나으니까.

"죽고 싶다면."

"으윽, 매몰찬 놈."

오찬의 앓는 소리가 한참을 드문드문 흘러나온다.

저럴 거면 입 닫고 가만히나 있을 것이지 뭐 주워 먹을 게 있다고 저리 주절대는지.

"전부터 궁금한 게 하나 있었는데 물어봐도 되냐?"

사내끼리 나란히 붙어 앉아서 서로의 숨소리를 듣는 건 고역이다.

아니, 하지만 그보다는 어둠과 정적이 더 무섭다.

그래서 오찬은 통증을 달래기보다는 수다를 선택했다.

"해라."

"드디어 내게도 네 마음의 문을 연 거냐?"

꿈틀.

"반대쪽 갈비뼈도 자잘하게 부숴줄까?"

오찬이 듣기에 현성의 제안(?)은 진중하고 진지했다.

그래서 그는 농담이라도 '그래' 따위의 말을 할 수 없었다.

'어쩌면 저 자식이야말로 R보다 더 지독한 놈일지도.'

부르르.

작은 진저리에도 고통은 거대한 파도처럼 오찬을 덮쳤다.

통증을 몰아내기 위해 오찬은 한동안 호흡을 가다듬어야 했다. 이럴 줄 알았으면 진통제라도 가져올걸 하는 때늦은 후회를 해본다.

뭐, 가져오더라도 사용은 못 했겠지만.

"인정머리 없는 놈."

"알면 잠자코 쉬어."

함께 전장을 누벼서일까? 심정적으로 둘은 무척 가까워 보였다.

"싫어. 네 입에서 사적인 대답을 들을 수 있는 절호의 기횐데 내가 왜 내 발로 그 기회를 뻥 차겠어?"

통증이 다시 몸을 일으키자 오찬의 목소리가 점점 작아진다.

아파서 말도 제대로 못 하면 그냥 잠자코 쉴 것이지 왜 저리 수다인지.

현성은 오찬이 이해되지 않았다.

설마 겁이 나서 저리 떠드는 걸까? 천하의 유오찬이.

새삼스레 오찬을 바라보는 현성이다.

그의 눈길에 오찬이 제 속내라도 들킨 듯 급히 고개를 튼다.

그러다 또 아파서 앓는 소릴 낸다.

"빨리해."

"넌 왜 피 한 방울 섞이지 않은 사람들을 돌봐주는 거지? 내내 이게 궁금했었다. 왜지?"

"사람을 도와주는 데 이유가 있어야 하나?"

"넌 맘씨 좋은 인도주의자완 거리가 멀잖아."

사실 오찬의 질문에 대답할 의무나 책임은 없으니 깔끔하게 무시하면 된다.

하지만 현성은 앞서 약속한 것이 있어 싫지만 어쩔 수 없다는 체념의 마음으로 대답해 주었다.

"약속했기 때문이다."

"약속? 누구와."

현성은 이번엔 대답하지 않았다.

대답은 딱 한 번만 해주기로 했으니까 약속 위반은 아니다.

말없이 일어선 그를 오찬이 쳐다본다.

"어딜 가?"

"쉴 만큼 쉬었잖아. 그러니 싸워야지."

"난?"

"넌 알아서 해. 오든가, 아님 여기에 퍼질러 있든가. 대신 데리러 오지는 않는다."

"무정한 놈. 잠깐만, 그보다 누구와 약속한 건데?"

끈질기게 물고 늘어지는 오찬의 질문에 현성은 잠시 고민했다. 녀석의 수다를 줄이기 위해서라도 대답해 주는 게 낫겠다 싶었다.

"나."

더 이상의 양보는 않겠다는 듯 현성은 5층으로 들어가는 철문 옆 개폐 장치를 툭 쳤다.

스르르.

조금만 더 가면 이제 지긋지긋한 돌연변이들과의 싸움도 끝이다.

'그래도 끝이 보이는 싸움이라서 다행인가.'

이 지옥 같은 곳에선 그게 그의 유일한 위안이자 힘의 원동력이다.

제45장
부서진 마음

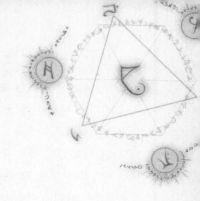

최우선 방호 지역 내에 포함된 특별 자치 구역.

이곳은 대한민국에서 가장 살기 좋은 거주 환경과 풍요와 치안이 보장되고 있었다.

통칭 특구라 불리는 이곳의 거주민들은 유오찬에게 충성하는 스킬러 나이트의 가족들이다.

민연과 아연은 특구와 최우선 방호 지역의 접경지에 자리한 최고급 식당을 찾았다.

"차민연이에요."

예약자 명단에서 차민연의 이름을 확인한 종업원이 양해를 구한 뒤 지배인을 호출했다.

말쑥한 차림의 지배인이 저보다 나이가 반절이나 어린 민연에게 공손하게 허리를 숙인다.

"어서 오십시오. 룸을 준비해 두었습니다."

"고마워요."

계급사회였던 과거의 대한민국이 타고난 혈통으로 그 사람의 가치와 신분을 확고부동하게 결정지었다면, 현대의 대한민국에서는 재력이 이를 대신했었다.

그러던 것이 지금은 스킬러 나이트가 그 신분의 기준이 된 지 1년이 조금 넘었다. 구시대의 계급으로 여겨진 귀족 계층이 새롭게 등장한 것이다.

테이블에 자리하고 있던 식당 손님들이 지배인을 따라 룸으로 가는 민연과 아연을 선망의 눈길로 바라본다.

민연은 예전부터 이러한 시선에 익숙했기에 별다른 감흥이 없지만 아연은 아니었다.

낯선 사람들의 과잉 친절과 배려가 오히려 부담스럽고 거북했다.

하지만 지금은 이를 담담하게 받아넘기는 일에 차츰 익숙해지고 있었다. 마음이 준비가 된 상태라면.

룸에 도착한 민연은 자연스럽게 주문을 한다.

"특별 코스로 부탁해요."

"곧 준비하겠습니다."

지배인이 나가자 민연은 아연을 돌아본다.

"식당 분위기 어때?"

"화려하긴 하지만 전체적인 분위기는 깔끔하네요."

아연에게 민연은 가까이할 수도, 그렇다고 멀리할 수도 없으며 어색한 느낌을 지울 수 없는 그런 존재였다.

가끔 그녀는 상상하곤 했다.

만약 민연이 자신과 현성 사이에 끼어들지 않았다면 어땠을까? 하고.

이처럼 민연을 마음속으로 멀리하고 꺼려함에도 이를 티 내지 않으려다 보니 매일이 그녀에겐 가시방석이었다.

이를 어찌 민연이라고 모르랴.

"와인 마실래?"

"예."

아연의 대답이 의외였지만 민연은 침착한 태도로 직원을 호출하여 와인을 주문했다.

그녀가 주문한 와인 한 병의 값은 일반 지역 노동자 열 명이 1년을 일해야 겨우 모을 수 있는 금액이었다.

예전의 아연이었다면 이 가격에 놀라 까무러쳤을 테지만 지금의 아연은 그때의 가난에 찌든 소녀 가장이 더 이상 아니었다.

두 여자는 일상의 소소한 이야기에서부터 국제적으로 문제가 되는 현상들에 대해서까지 이야기를 나누었다.

표정은 부드럽고 입꼬리는 미소 짓고 있지만 두 사람의 마음은 이처럼 편하지 않았다.

민연은 자신과 현성의 관계가 소녀에게 진심으로 축복받길 원하는 반면, 아연은 이 자리가 서둘러 끝나길 바랐다.

그렇다 보니 마음과 마음이 서로 만나는 본격적인 대화가 나올 수 있을 리 없다.

그때였다, 사람들의 비명과 폭발음이 들리고 건물이 흔들리기 시작한 것은.

깜짝 놀란 민연과 아연은 창문가로 즉시 달려갔다.

통유리 창문 너머, 이곳에는 결코 없어야 할 끔찍한 생명체가 미쳐 날뛰고 있었다.

이 사달의 원인 제공자였다.

'후이님!'

'어, 어떻게 여길!'

평화로웠던 도심 거리는 파괴와 살육과 공포에 잠겨 있었다.

군경이 출동했지만 이들이 할 수 있는 일은 고작해야 놀란 시민들을 안전한 곳으로 대피시키는 게 전부였다.

차량이 깡통처럼 찌그러졌다가 후이님의 발에 차여 건물에 박히고는 폭발한다.

콰아아앙!

혼비백산해서 달려가는 사람들을 화염구가 때린다.

"크아아악!"

"으아아아아아악!"

화르륵.

이들의 몸은 뼈대에서 한 줌의 재가 되었다.

바람에 날리고, 사람들의 옷자락과 신발에 묻어 그 흔적조차 남기지 못한다.

이곳이 인구 밀집 지역인 데다 이들 개개인이 직간접적으로 위력적인 인맥을 가지고 있다 보니 군도 함부로 공격하기 힘들다.

건물이야 무너지면 다시 지으면 그만이지만 엄한 사람을 잡았다간 그 뒷감당이 어렵기 때문이다.

이때 필요한 존재가 바로 스킬러 나이트다.

주변에 별다른 피해를 주지 않으면서도 신속하게 후이님을 상대하고 처리할 수 있는 유일한 인류.

아연이 광검을 발출한다. 눈부신 금광검.

어색한 자리가 빨리 끝나기를 바랐던 아연은 생각지도 않게 그 자리를 박차고 일어날 수 있었다.

그렇다고 마음이 편한 것은 아니다.

"언니, 본부에 연락하세요."

"어, 응."

아연이 통유리를 단숨에 잘라내고 그 틈새로 몸을 날린다.

휙.

이곳은 지상 6층. 사람이 뛰어내릴 수 없는 높이다.

그럼에도 아연은 망설이지도, 두려워하지도 않았다.

민연은 아연의 단호하고 과감한 행동에 깜짝 놀랐다.

내성적이고 얌전한 소녀라고만 생각했던 아연의 새로운 일면을 보았기 때문이다.

'나 때문에 더 적극적으로 저러는 걸까?'

이 생각도 지울 수 없다.

시내 중심가에 홀연히 등장한 후이님을 처리하기 위해 화랑단의 스킬러 나이트와 특본의 스킬러 나이트가 동시에 출동했다. 특본에서 출동한 스킬러 나이트 부대엔 희연도 있었다.

그 시간, 현성의 집에도 한 무리의 후이넘이 홀연히 등장하여 파괴와 살육을 자행하고 있었다.

탕탕탕탕—!

김정호의 권총이 불을 뿜는다.

차기수의 권총 역시 쉬지 않고 불을 뿜는다.

그러나 두 사람이 아무리 탄알을 날려도 후이넘 하나를 어쩌지 못한다.

화기애애했던 현성네는 삽시간에 공포와 혼란으로 휘청거린다.

유리창이 깨어져 그 파편이 사방으로 비산했고 건물 외벽은 폭발성과 함께 먼지처럼 사라졌다.

놀란 지하는 목이 터져라 울어댔고, 아이를 안은 민호 역시 놀라 어쩔 줄 몰라 한다.

마당에서 밤하늘의 별을 세고 있었던 승희와 그녀의 엄마는 허공에서 떨어진 후이넘의 동체에 깔려 그 자리에서 즉사했다.

아직 민호는 이 사실을 알지 못했다.

민호와 지하를 향해 뛰어간 준희는 몸으로 이들을 보호한다.

그녀의 머릿속은 이 순간 백짓장처럼 변해 있었다.

탄창을 갈아 끼우던 차기수는 다급한 목소리로 준희를 향해 소리친다.

"준희야, 지하로 가. 지하로!"

김정호는 아내와 딸이 앉아 있었던 정원으로 시선을 던진다.

깨진 유리창 사이로 어육이 된 딸과 아내가 그의 망막에 투영된다.

부르르.

"으아아아아아!"

마음에 큰 상처를 입은 정호가 짐승처럼 포효했다.

그는 아내와 딸의 시신을 짓밟고 서 있는 후이넘을 향해 총질을 하며 달려들었다.

차기수가 그를 만류하려 했지만 잡아채기엔 한발 늦었다.

후이넘의 커다란 세 개의 세모꼴 눈이 정호를 본다.

놈은 낮게 으르렁거리며 정호를 향해 화염구를 던졌다.

화염구와 김정호의 몸이 정면으로 부딪쳤다.

"크아아아아아!"

뒤로 쭉 날아간 화염구는 김정호를 벽에 틀어박은 뒤 곧 폭발했다.

건장한 체구의 김정호는 눈 깜짝할 사이에 먼지처럼 지상에서 사라졌다.

"정호, 정호야!"

당황하고 놀란 차기수가 현장을 향해 달려간다.

그를 향해 또 한 발의 화염구가 날아들었다.

화끈한 열기를 느낀 차기수가 몸을 돌려세웠다.

거대한 태양이 달려온다.

피할 곳은… 없다.

질끈.

차기수는 자신의 죽음을 떠올린다.

'민연아⋯⋯.'

딸아이가 보고 싶다.

아빠 걱정 말고 잘 살아라⋯ 이 말이 하고 싶다.

하지만 그럴 기회는 자신에게 없으리라.

콰아아아아아앙!

차기수가 서 있던 곳이 폭발한다.

하지만 이곳에선 그 어떤 비명도 들리지 않았다.

"괜찮습니까?"

차기수를 등진 남자가 그에게 말한다.

두 눈을 질끈 감았던 차기수가 눈을 떠서 상대를 본다.

남자도 등을 돌린다.

"당신은?"

"특본 소속 백도식 팀장입니다."

"지, 지하실에 사람들이⋯⋯."

"저희 대원이 보호하고 있습니다. 걱정 마십시오."

백도식의 말에 차기수는 그제야 마음이 놓였다.

차기수가 주변을 살핀다.

후이넘 떼와 접전을 벌이는 용맹한 스킬러 나이트들의 모습이 차기수의 눈에 들어온다.

그들의 광검이 어둠을 가를 때마다 후이넘의 포효와 비명도 함께 터져 나온다.

대체 이 무슨 난리란 말인가.

저지선이 붕괴되어 놈들이 이곳까지 밀고 내려온 것일까?

그렇지 않고서야 이 사태를 어찌 설명한단 말인가.

"놈들이 밀고 내려온 거요?"

"아닙니다."

"그럼 저놈들은?"

"저도 잘……."

이 사태를 맞아 놀라고 답답하긴 백도식 역시 마찬가지였다.

슈아아아아앙!

한 스킬러 나이트의 등짝을 향해 화염의 구체가 매서운 속도로 날아간다.

"위험해!"

동료의 경고성에 즉각 몸을 돌려세운 남자는 날아든 화염구를 아래에서 위로 베어냈다.

사선으로 쩍 쪼개진 화염구는 남자의 좌우로 스쳐 날아간 뒤 사방으로 불꽃을 뿌리며 사라졌다.

위기일발의 순간이었다.

"저 자식은 내가 처치할 테니까 저놈은 네가 막아!"

"알았다."

자신의 등짝을 향해 화염구를 날렸던 후이넘을 향해 남자는 무시무시한 기세로 돌진했다.

후이넘은 이 남자를 향해 두 개의 화염구를 더 날렸다.

남자는 두 개 모두를 재빠른 동작으로 피했다.

그를 맞추지 못한 화염구는 담장을 무너뜨렸고, 커다란 정원수를 재로 만들어 버렸다.

콰아아아앙! 화르르.

거대한 불길을 등지고 달려간 남자가 광검을 크게 휘두르자 이에 위협을 느낀 후이넘이 앞다리를 번쩍 들더니 흉흉한 기세로 허공에서 물장구친다.

남자는 이에 겁먹지 않고 놈의 다리 사이로 몸을 날리며 광검을 수직으로 세웠다.

광검은 종잇장을 가르는 면도날처럼 후이넘의 배를 쩍 갈라 놈의 내장을 모조리 토하게 만들었다.

후이넘의 뒷다리 사이로 빠져나온 남자는 몸을 틀어대는 것과 동시에 고통에 울부짖는 후이넘의 목을 날려 버렸다.

전투는 지금부터 시작이었다.

"놈들을 몰살하라!"

현성의 집과 그 주변은 후이넘과 스킬러 나이트가 서로 죽고 죽이는 무시무시한 전장으로 바뀌었다.

이 사태에 놀란 주민들이 비명을 내지르며 달려 나왔다.

그들은 전장을 벗어나기 위해 무작정 내달린다.

사람들이 몰려 있는 것을 본 후이넘이 사람들을 향해 화염구를 날린다.

콰아아아앙!

담장이 무너지고, 집의 한쪽이 통째로 날아가고, 지면이 폭발을 일으킨다. 깜짝 놀라 제집에서 뛰쳐나온 사람들은 경황이 없어 우왕좌왕했다.

"으헉! 이… 이게 뭐야? 어째서 여기에 후이넘이 있는 거야!"

"다, 달아나!"

"으아아악!"

불기둥에 휩쓸려 몸에 불이 붙은 자의 괴로운 비명과 몸짓.

이 불을 *끄기* 위해 매달리는 가족들의 울음소리는 두 귀를 막아도 끝끝내 들을 수밖에 없는 천둥소리 같다.

뒤처진 아내와 자식의 이름을 목이 터져라 부르며 되돌아 뛰어온 가장은 아내와 자식의 손을 잡고 나서야 겨우 안도의 한숨을 내쉰다.

그러다 구석에 웅크린 채 두 눈을 질끈 감은 노부모를 보게 된다.

노부모의 눈과 아들의 눈길이 불길과 파편이 난무하는 그곳에서 마주친다. 불과 20여 미터 남짓한 그 거리가 천리만리보다 멀게 느껴진다. 저곳으로 뛰어가서 노부모를 구하자니 거기서 살아올 일이 까마득하다.

아내와 자식의 손을 놓는 것도 두렵다.

어찌해야 할까? 남자는 갈피를 잡지 못한다.

이런 아들의 마음을 읽은 듯 노부모는 어서 가라고 손짓하며 웃는다.

끔찍했다.

분했다.

아팠다.

남자는 아내와 자식의 등을 힘껏 밀치며 다급하게 소리친다.

"대피해!"

"여보!"

"아빠!"

겁에 질린 아내와 자식을 놓아둔 채 내달리는 남자의 심정은 처참했다.

걸음을 멈추고 시선을 돌리면 저들과 함께 안전한 곳으로 갈 수 있었다.

머릿속의 목소리는 끊임없이 남자에게 발길을 돌리라고 재촉했다.

노부모를 버려두라 속삭였다.

하지만 불길 속에 버려진 부모를 차마 내팽개칠 수 없었다.

'미안해. 미안해!'

남자는 죽을힘을 다해 부모님을 향해 뛰었다.

헛된 짓일지라도, 무모한 행동일지라도 하지 않을 수 없는 순간이 있다.

그 결말이 자신의 죽음일지라도.

쿠아아아아! 와르르.

벽이 무너져 남자의 머리 위로 쏟아진다.

헛바람을 들이켠 남자는 급히 몸을 날렸다.

조금만 늦게 반응했어도 더미에 깔렸을 것이다.

다리가 덜덜 떨린다.

몸은 제 것이 아닌 양 멋대로 휘청거렸다.

지금이라도 몸을 돌린다면 아내와 자식과 함께 안전하게 대피할 수 있을 것이다.

남자는 그 자리에서 멈칫거렸다.

남자의 부모가 아들을 본다.

노부모는 젊은 자식이 자신들을 위해 서슴없이 사지로 뛰어드는 것에 가슴이 아프고, 한편으론 대견하기도 했다.

"가, 가거라!"

"아비야, 돌아가! 돌아가!"

"크흑, 아버지… 어머니."

주저하고 망설였던 자신을 남자는 뜨겁게 질책했다.

겁에 질려 굳어버린 몸뚱이를 남자는 세차게 다그쳤다.

그때였다, 이 남자의 노부모가 웅크린 담장이 화염구에 직격당해 주저앉은 것은.

남자의 부모는 불길에 휩싸인 담장에 깔려 처참한 비명을 내지르며 사라졌다.

"아버지! 어머니!"

남자는 부모님을 덮친 활활 타오르는 더미를 바라보며 부르짖었다.

온몸을 부들부들 떨던 남자가 천천히 제 아내와 자식을 향해 몸을 돌린다.

슬픔과 눈물로 범벅이 된 남자의 뒷전이 환하다.

그 빛은 용광로처럼 뜨거운 불의 정화를 품고 있었다.

빛이 남자를 집어삼킨다.

남자는 비명 한마디 지르지 못한 채 재가 되어 아내와 어린 자식 앞에서 사라져 버렸다.

"꺄아아아아아!"

"아빠!"

사랑하는 이를 눈앞에서 떠나보내는 자, 부상의 고통에 울부짖는 이를 두 손 놓고 바라만 보아야 하는 자들의 처참한 심정이 곳곳에서 화염과 함께 뜨겁게 타오른다.

삐뽀삐뽀.

애앵앵앵앵앵앵앵—!

부르르.

비통과 슬픔에 잠긴 차기수의 노구가 경련한다.

'어째서… 도대체 어째서! 정호, 이 사람아.'

죽음은 누구도 피해갈 수 없는 모든 생물의 확실한 미래다.

차기수의 나이쯤 되면 죽음에 대해 생각하고 그에 대비한 마음의 준비도 조금씩 하게 된다.

하지만 생각과 달리 현실은 늘 뼈가 끊어질 듯 아프다.

그 죽음이 자신이 아는 자의 죽음일 경우엔 더욱더.

부서진 마음을 감싸 쥔 사람들이 저마다의 자리에서 비통함에 오열하며 몸부림친다.

삶과 죽음, 그 경계에 올라선 채.

'왼쪽!'

스팟.

지면을 박찬 현성이 광검을 휘두른다.

자색의 광채가 확 피어오르자 세 마디의 비명이 터진다.

그의 광검에 스친 벽면이 터져 부스러기를 떨어뜨린다.

허공에서 몸을 비튼 현성은 상처 난 벽을 치고 높이 날아오른다.

순식간에 광장 천장까지 도착한 현성은 자신을 향해 몸을 날린 R의 팔과 상반신을 찌르기로 쩍 갈라 버렸다.

제아무리 단단한 물체라도 광검 앞에선 고유의 성질을 잃고 물러지는 것 같다.

총알도 통하지 않는 후이넘이나 여기 돌연변이 생명체 R조차 닿는 족족, 찔리는 족족 잘리고 갈라지고 뚫린다.

그 무엇도 이 광검과 맞서서 버티는 것은 없다.

신의 방패라 불리는 이지스라도 신비로운 이 무기 앞에서는 무용지물이 아닐까.

크아아앙!

끼아아아악!

낙하 중인 현성을 향해 R들이 달려든다.

휘익.

십수 미터쯤은 가볍게 도약하는 놈들이다.

단단한 쇠구슬조차 악력만으로 빈 캔처럼 구겨 버리는 무시무시한 존재다.

가볍게 날린 놈들의 그 주먹에 강화 콘크리트조차 바싹한 비스킷처럼 부서져 버린다.

전신이 흉기인 놈들을 상대로, 그것도 세 자리 숫자의 적을 상대로 싸우는 일에서는 일말의 실수도 치명적이다.

현성은 그러한 싸움을 20시간째 하고 있었다.

이제 그 마지막 전장에서 현성은 승리의 대미를 장식하기 위해 최선을 다하고 있었다.

빙그르르.

허공에서 현성은 몸을 회전하며 광검을 뿌렸다.

광검을 완성한 이후 급격하게 좋아진 그의 신체는 인간이 해낼 수 없을 것 같은 불가능한 동작까지 가능하게 했다.

거세게 달려든 R 다섯 마리를 베어낸 현성이 질척이는 지면에 착지한다.

굽힌 무릎을 곧게 세우자 그가 벤 R의 조각들이 철퍽철퍽 그의 주변에 떨어진다.

남은 적의 숫자는 일곱.

진실의 콜로세움도 드디어 그 끝을 보이고 있었다.

파앗!

*　　*　　*

살만을 비롯한 열한 명의 참관자는 동방의 조그마한 반도국의 한 남자에게 깊이 매료됐다.

　그들은 인간이 펼쳐 낼 수 있는 가장 멋진 동작을 보았고, 불굴의 투지를 보았고, 무적이란 단어의 온전한 해석을 두 눈으로 목격했다.

　'진실과 정의는 오직 승자에게'라는 조직의 율법에 따라 살만과 열한 명의 참관자 모두는 현성의 승리를 인정했다.

　쿠리야마 가문의 나카무라와 이노우에는 이 결정에 반박할 수 없었다.

　"당신처럼 대단한 스킬러 나이트는 처음 봅니다."

　살만이 나와 현성을 바라보며 말했다.

　영어를 모르는 현성이라 살만이 무슨 말을 하는지 이해할 수 없었다.

　다만 상대의 눈빛과 표정과 몸짓을 봤을 때 좋은 의미로 자신에게 말하고 있음만 알 뿐이다.

　유오찬이 현성을 대신하여 유창한 영어로 살만과 대화했다.

　그 옆에서 현성은 이를 지켜보고 있었다.

　살만과 이야기를 끝낸 유오찬이 이번엔 일본어로 나카무라에게 말했다.

　앞서와 달리 나카무라를 향한 유오찬의 목소리와 태도에는 짙은 냉소와 경멸이 여과 없이 드러나고 있었다.

　이들과 대화를 끝낸 오찬이 현성에게 걸어온다.

　참관자 중에 치료의 스킬러가 있어 다행히 오찬의 부상은 회복됐다.

"저 시키들, 더 이상 우리에게 시비 걸지 못해. 물론 공식적으로."

"그렇군."

무덤덤한 현성의 반응에도 오찬은 아랑곳하지 않았다.

오히려 이 모습이 더 매력적이고 든든했다.

자신이 여자였다면 무조건 꽉 물었을 텐데.

'다음 생에는 여자로 태어날까?'

다행하게도 현성에겐 독심술이 없었다.

만약 그에게 사람의 마음을 읽는 독심술이 있었다면 아마 펄쩍 뛰지 않았을까.

"난 저들과 동행해야 한다. 늦어도 이삼 일이면 돼. 너도 가고 싶음 같이 가도 된다. 저기 살만이란 양반이 널 무척 마음에 들어 하던데… 같이 가면 잘해줄 거야. 크크."

오찬의 어감에 현성은 내심 눈살을 찌푸린다.

"너 혼자 가. 난 집에 가겠다."

"같이 가면 쭉쭉 빵빵한 다국적 미녀들을 마음껏 안아볼 수 있을 텐데. 그래도 싫어?"

현성이 여자에게 혹해서 그 마음을 돌리지 않을 것임을 누구보다 오찬이 잘 안다.

그럼에도 쓸데없는 말을 늘어놓는 이유는 쿠리야마가의 형제들 앞에서 승자의 기분을 만끽하기 위함이다.

"됐다."

"그렇담 할 수 없지. 집에 가서 네 애인 궁둥이… 아아, 그렇게 보지 마라. 내 농담이 지나쳤다. 인정. 하하. 그럼 갔다 와서 한잔하자. 내가 최상급 와인 가져오마."

공간 이동을 하기 전 현성이 쿠리야마 형제를 힐끗 쳐다본다.

이노우에는 현성의 눈을 피했지만 나카무라는 그의 시선을 직시했다.

나카무라의 표정에서 현성은 찰나였지만 이질적인 웃음기를 보았다.

공식적인 복수의 기회를 잃은 자가 저런 웃음이라니.

아주 짧은 시간이었지만 나카무라의 표정이 눈에서 잘 지워지지 않는다.

스팟!

*　　　*　　　*

집은 더 이상 평화롭지도, 따뜻하지도, 화기애애하지도 않다.

그곳엔 짙은 슬픔과 상실감과 두려움이 구석구석 파괴의 흔적과 함께 초라하게 꿇어앉아 있었다.

'무슨 일이지?'

수소문 끝에 그가 만난 식구들의 표정과 그들을 감싼 기운, 그것은 마음이 부서진 자들의 낙담과 슬픔이었다.

쿠웅.

거대한 쇠망치가 현성의 마음을 때린다.

그리고 그 일부를 바스러뜨렸다.

* * *

문지방을 넘지 않고서는 안으로도 밖으로도 넘어갈 수 없다. 이것이 상식이다.

후이넘도 이러한 상식에서 벗어나지 않았기에 사람들은 몬스터 게이트에 촉각을 곤두세웠다.

그런데 상식으로 받아들여졌던 일이 이번에 세계 최초로 대한민국에서 박살 났다.

번화가와 고급 주택가에서 발생한 일련의 사건은 국내는 물론 국외에서도 우려와 관심을 받을 수밖에 없었다.

대한민국에서의 일이 자국에서 일어나지 말란 법이 없었기 때문이다.

후이넘은 대체 어떻게 몬스터 게이트를 거치지 않고 등장한 것인가!

이후에도 이런 일이 또 일어날 것인가.

그렇다면 전선은 전후방이 없단 말이 아닌가.

나름 이쪽의 전문가라 자칭하는 자들이 여러 가설을 자신의 블로그와 언론 인터뷰를 통해 밝혔다.

이 중 무엇이 맞는지는 누구도 확신할 수 없다.

몬스터 게이트의 발생 원인과 후이넘의 목적에 대해 대부분의 사람은 모르고 있기 때문이다.

이는 스스로 전문가라고 떠드는 자들 역시 마찬가지다.

진실은 늘 어둠 속에 도사리고 있다.

진실을 알고 있는 자들은 가볍게 떠들지도 않고, 쉽게 움직이지도 않는다.

그들은 말없이 상황만 예의 주시할 뿐.

현성이 유오찬을 찾아왔다.

"어떻게 됐지?"

오찬을 향한 현성의 첫마디다.

평소의 오찬이었다면 틀림없이 몇 마디의 실없는 말을 날린 뒤 그제야 본론으로 들어갔을 테지만 지금은 평소와 달리 무척이나 진중했다.

이번 사태를 유오찬 역시 매우 심각하게 받아들이고 있었다.

"미증유의 사태라는 말밖에 달리 할 말이 없어."

"네가 몸담은 조직에서 조사단이 왔다고 하지 않았었나?"

"그들이라고 뭘 알겠어. 그냥 둘러보고 간 거지. 사실 중앙 본부나 우리나 당황하고 놀라긴 매한가지야. 이번과 같은 사건이 일회성에 그칠지, 아니면 지속적일지는 누구도 몰라. 하나 분명한 것은 이 사건이 앞으로도 수시로 일어난다면… 치명적이라는 거야."

현성은 낮게 침음하며 오찬의 말을 귀담아들었다.

이제까지 후이넘은 징조—몬스터 게이트—가 나타난 이후에야 등장했다.

그런데 이번에는 그러한 징조 없이 하늘에서 갑자기 후드득 떨어졌다.

이들로 인해 수십 채의 민간 건물이 박살 났으며, 수백 명의 사람이 죽거나 다치는 끔찍한 일이 발생했다.

희생자 명단에는 김정호와 그의 처, 그리고 김승희도 나란히 올라 있었다.

이번 사태가 향후에도 꾸준히 발생한다면 인류에겐 전방과 후방이 따로 없게 된다.

그리고 그 무엇보다 우려되는 일은 식구 중 누가 다치고 죽을지도 모른다는 사실이다.

뜨거워진 머리와 가슴을 식히는 현성이다.

오찬이 말을 이어나간다.

"당분간 후방 경계에도 바짝 신경 써야 해. 앞으로 특본의 역할이 그 어느 때보다 더 중요해졌어. 그래서 말인데 북 출신 스킬러 나이트의 특본 임시 배치를 고정 배치로 전환해야 할 것 같아. 그리고 특구 외의 지역 방어에도 특본이 지원해 줬으면 싶다. 아, 물론 화랑단에 인력이 부족했을 경우에 한해서다."

리경수 외 325명의 스킬러 나이트를 특본에서 빼내어 화랑단에 배치하는 게 훨씬 효율적이다.

내부적으로 이들의 화랑단 배치를 주장하는 목소리도 적지 않았고, 이는 현성도 눈과 귀를 항상 열어놓았기에 알고 있었다.

일인자의 고집과 독단은 아랫사람들의 반감을 사게 된다.

아직은 이 땅에서 유오찬과 정면으로 맞설 자나 세력이 없긴 하지만 내부적으로 불만이 쌓이다 보면 이합집산인 지금의 세력들이 힘을 결집할 수도 있었다.

유오찬은 파트너로서 현성에게 나쁜 자가 아니었다.

어디서 저만한 파트너를 찾겠는가.

"그들을 화랑단에 배치하는 게 낫지 않나?"

"나 걱정하는 거야? 그런 거라면 됐어. 그럴 생각이었다면 처음부터 그들을 특본에 배치하지도 않았어. 너도 알다시피 화랑단 내부엔 여러 파벌이 난립해 있잖아. 자칫 그들을 화랑단에 배치했다간 여기저기서 뜯어가려고 난리도 아닐 거야. 아니면, 그들이 독자적인 파벌을 결성할 수도 있지. 그러니 그럴 바엔 차라리 네 밑에 두는 게 낫다 싶더라고. 뭐, 그들이 원하기도 했었고."

반대를 무릅쓰고 북 스킬러 나이트를 특본에 배치한 유오찬의 의중과 이유였다.

그가 자신의 의중을 민주적으로 밝히고 투표에 부쳤다면 사람들의 반감은 어쩜 덜했을지도 모른다.

하지만 오찬은 그러한 절차를 생략해 버렸다.

"너라면 파벌 정리도 일은 아닐 텐데."

"그래, 할 수는 있겠지. 문제는 전력 손실과 그로 인해 발생할 국론 분열이지. 전에도 말했다시피 난 권력을 독식할 생각은 전혀 없어. 물론 지금과 같은 통제와 억압은 유지할 생각이야. 하지만 그것이 내 권력을 튼튼하게 하기 위한 장치는 아니야. 변명처럼 들릴지 모르지만 이건 진심이다. 뭐, 언제가 될지는 모르지만 이 기조를 유지해야만 이 민족의 정기를 훼손

하려 드는 망할 것들을 처단하기도 쉽지 않겠어?"

오찬은 피의 숙청을 예고하고 있었다.

그의 살생부에는 이 땅에서 반드시 없어져야 할 이들의 명단이 적혀 있다.

민족정신과 국익에 피해를 입히고도 멀쩡히 잘 먹고 잘살고 있는 이들이었다.

일찍부터 그는 이들을 겨냥하여 칼을 벼려왔지만 당장 이를 시행하자니 그 고생을 하고도 아직 정신을 못 차린 자들이 여전히 그들을 옹호했기에 결행을 유보할 수밖에 없었다.

뭐, 전시라는 상황도 유보에 한몫했다.

"그런 건 내 알 바 아니다."

퉁명하나 여기엔 현성의 진심이 담겨 있었다.

목적을 위해 수단과 방법을 가리지 않는 오찬은 바라보는 시각에 따라 위험한 테러리스트일 수도 있고, 이상향을 꿈꾸는 혁명가일 수도 있다.

현성은 오찬을 후자의 인물로 보고 있었다.

적어도 그가 스스로 열어서 보여준 마음이 현성의 눈에는 그래 보였다.

"너의 무관심이 가끔은 섭섭한데 이럴 땐 좋군. 객관적으로 날 바라봐 주는 것 같아서 말이야. 후후. 어때? 맡아줄 거지?"

복잡하고 성가신 일을 현성은 싫어하지만 꼭 해야 할 일이라면 이를 미루거나 피하지 않는다.

이와 같은 현성의 성품을 파악하고 있었기에 오찬은 자신의 제안을 그가 거절하지 않을 것이라 확신했다.

"알았다."

언제나 그랬지만 똑 부러진 현성의 대답에 오찬은 만족감을 느꼈다.

눈앞의 저 남자는 자신의 말과 행동에는 반드시 책임을 다하기에 믿음이 간다.

그리고 뒤통수도 치지 않는다. 차라리 정면에서 칼을 뽑지.

사실 그게 더 무섭긴 하지만.

"와인은 다음에 하는 걸로."

"너나 마셔."

"건조한 녀석. 크크. 잘 가라. 배웅은 없다."

*　　　*　　　*

현성네가 새로 자리를 잡은 집은 이전의 집보다 넓고 경비도 훨씬 삼엄해졌다.

현성의 집 주변과 마주한 주택에는 24시간 그의 집을 보호하는 스킬러 나이트가 상주하게 됐다.

부모님과 누나를 하루아침에 잃어버린 민호의 슬픔은 매우 컸다. 고작 여덟 살에 불과한 녀석이 감당하기에는 사실 너무나 벅찬 무게다.

그래서 식구들은 아이를 보살피는 데 최선을 다했다.

이 덕분인지 민호는 조금씩 슬픔을 털어내는 듯 보였다.

하지만 혼자일 때 녀석은…

홀쩍.

울고 있다.

계절은 늦봄에 서 있다.

5월 중순의 햇살이 낮에는 따갑다는 느낌이 든다.

삐걱삐걱.

연못 옆에 설치된 그네가 앞뒤로 움직인다.

연못 수면에 작은 그림자가 비친다.

그림자의 주인은 민호였다.

뚝뚝.

그네가 수면 위를 지날 때마다 아이의 눈물이 수면에 떨어진다.

연못의 잉어들이 먹잇감인 줄 알고 몰려들었다.

바보 같은 놈들은 아무것도 먹을 수 없음에도 이를 모른 채 눈물이 떨어질 때마다 모이곤 했다.

잉어의 아이큐는… 몇일까?

정원이 한눈에 내려다보이는 곳에 현성의 방이 있다.

넓은 테라스를 가진 방이다.

오늘 현성은 출근하지 않았다.

아니, 최근 그는 회사에 나가는 날보다 집에 있는 날이 더 많았다.

오락가락(?)하는 민호를 한참 동안 바라보던 현성은 테라스 난간을 도약판 삼아 허공에 몸을 날린다.

새처럼 훨훨 날아서 그는 그네 옆에 내려선다.

이곳과 테라스의 거리는 15미터.

"…형아."

"점심 먹자."

"배 안 고픈데."

"나가서."

작은 꼬마에게 현성은 슈퍼 히어로다.

하지만 소년의 히어로는 작은 남자에겐 전혀 관심이 없었기에 단 한 번도 둘이 이야기한 적은 없었다.

슬픔을 겪기 전의 민호였다면 이 순간을 매우 설레어 하고 기뻐했을 테지만 지금은…

"싫어요."

아니었다.

현성 역시 일찍이 부모님을 차례차례 여의었다.

그 후로 그는 혼자서 생활했다.

죽은 자들을 위한 가게에서 그는 청소년기를 보냈다.

보통의 아이라면 그 생활에 대한 적응은커녕 두려움과 걱정으로 하루하루 피폐해졌을 테지만 현성은 오히려 그 생활이 편하고 좋았다.

일찍부터 남들이 경험하지 못한 여러 일을 겪었고, 또 외조부로부터 전수받은 정신적, 육체적 수련으로도 충분히 외로움과 두려움을 떨쳐 낼 수 있었기 때문이다.

삐걱삐걱.

멈췄던 그네는 민호의 움직임에 힘을 얻어 다시 전후로 삐걱대며 움직인다.

현성은 두 번 권하지 않고 그네 옆에 앉았다.

싫다는데 어쩌겠는가.

민호가 현성을 곁눈질한다.

현성은 연못만 뚫어져라 들여다볼 뿐 소년에겐 눈길도 주지 않는다.

삐걱삐걱.

연못가에 앉은 남자와 그네를 타는 소년의 모습을 지하를 업은 선화와 준희가 바라보고 있었다.

차기수는 이른 아침부터 등산을 갔고 민연, 아연, 희연, 상도는 출근했다.

상도는 특본을 그만두고 그 시간에 식구들을 지키겠다고 했지만 차기수가 상도의 마음을 돌려놓았다.

의외로 민연, 아연, 희연은 별말 없이 꾸준히 회사에 출근했다. 오히려 이전보다 업무에 더 충실하게 임하고 있었다.

그날의 사건 이후 사람들의 생각과 행동은 많이 달라져 있었다.

"마음속에서 뭔가 쑤욱 빠져나간 것 같아."

선화의 나직한 푸념에 준희는 말없이 동의한다.

"너도 말이 많이 없어진 것 같아."

그제야 준희는 고개를 돌려 선화를 바라본다.

"선화야."

"응?"

"나, 이 집을 나갈 생각이야."

쿵.

선화는 육중한 물체가 자신의 정수리에 떨어진 듯했다.

한참을 그녀는 멍하니 준희만 바라보았다.

겨우 정신을 차린 선화가 당혹스러운 표정으로 말했다.

"그, 그게 무슨 말이야?"

"갑자기가 아니야. 내내 생각했어. 나, 진짜 기자 해볼래."

"뭐?"

"종군기자가 될 생각이야. 다행히 회사에서도 내 뜻을 받아들여 주더라고."

"위험하잖아!"

선화가 준희의 손을 다급히 움켜잡는다.

"내내 생각했었어. 죽기 전에 내가 진정으로 하고 싶은 일이 뭘까… 하고. 그래서 내린 결론이야. 친구야, 이해해 줘."

하나둘 떠나간다.

남편이 그랬고 부모님이 그랬으며 김정호 내외와 승희도 훌쩍 떠났다.

다시 만날 기약도 없는 곳으로 모두 다 가버렸다.

남겨진 사람들의 마음은 도대체 어쩌라고.

글썽글썽.

선화의 큰 눈에 눈물이 맺혀 또르르 흘러내린다.

"붙잡아도 소용없겠지?"

"응."

"그래도 영영 떠난다고는 하지 마. 여긴 네 집이야."

"하아, 그래."

"돌아올 거지?"

"지금은 잘 모르겠어."

"뭘 몰라. 돌아온다고 약속해. 아니면 절대 허락하지 않을 거야!"

"하아, 우리 선화 어쩌냐. 내가 남자로 태어났으면 확 마누라 삼아버릴 텐데. 아쉽게도 여자로 태어난 데다 취향도 그쪽이 아니… 앗, 농담이야. 농담. 진심으로 꼬집을 필요는 없잖아."

선화에게 꼬집힌 손등을 빡빡 어루만지며 울상을 짓는 준희다.

"반드시 돌아오겠다고 약속해! 아니면 두 번 다시 너 안 볼 거야. 내 사전에서 친구 준희를 영원히 지워 버릴 거란 말이야."

"엄포는… 알았어, 이 기집애야. 내가 돌아올 곳이 있다면 반드시 여길 거야. 됐어? 만족해? 그럼 볼에 뽀뽀."

"칫, 됐거든."

선화가 몸을 돌려 제 방으로 들어갔다가 금세 나온다.

외출 준비를 마친 선화의 모습에 준희는 어리둥절했다.

"어디 가게?"

"장 보러."

"뜬금없이 장은 왜?"

"파티를 열 거야."

"파티?"

"그래, 모두를 위한 파티. 준희, 운전해."

멍하니 선화를 바라보던 준희는 피식 웃으며 옷을 갈아입고 나온다.

"그런데 오늘 다 모일 수 있을까?"

준희의 걱정에 선화는 자신만만한 표정을 지으며 고개를 옆으로 돌린다.

그녀의 시선이 향한 곳은 연못가에 앉아 잉어와 마음의 대화를 나누고 있는 현성이다.

물론 겉모습을 통해 상상하는 건 얼마든지 자유지만 실상은 모르는 일이다.

선화의 표정이 자신만만한 이유를 준희는 납득할 수 있었다.

"하긴 현성 씨라면 모두 불러들일 수 있겠네."

"자, 그럼 저들도 데리고 가자고. 무거운 건 남자가 들어야 하잖아."

"오케이~ 요리는 네가."

"주부는 이래서 피곤하다니까. 가자."

씩씩하게 걸어가는 선화의 뒷모습을 준희의 미소가 쫓는다.

그녀의 미소는 왠지 허전하고 슬퍼 보인다.

*   *   *

현성은 선화의 믿음을 배신하지 않았다.

비상근무 중인 민연, 아연, 희연, 상도가 정시에 퇴근하여 집으로 돌아왔고 차기수는 산 밑 주막에서 동동주에 파전을 막 먹기 시작하려다가 현성에게 잡혀(?) 단숨에 집으로 모셔졌다.

두 팔을 걷어붙인 선화와 그녀의 보조를 자청한 준희의 노력 덕분에 정원엔 성대한 상이 차려졌다.

음식의 삼분의 이는 주문 음식과 인스턴트식품의 믹스였고, 나머지가 선화의 오리지널 작품이다.

젖먹이 지하와 어린 민호를 제외한 모두가 술을 마셨다.

맨송맨송한 정신으로 어찌 가무를 즐기랴.

파티의 사회는 상도가 맡았다.

처음에 그는 사회를 맡기 싫다며 몸을 뺐다.

하지만 선화의 엄포 한 방에 그 자리에서 마이크를 만들어 사회를 보기 시작했다.

공처가의 기질이 벌써부터 보이는 상도였다.

어쨌든 상도는 선화가 작성한 대본에 따라 진행했다.

처음엔 식상한 장기 자랑이었다.

차기수가 제일 먼저 노래를 한 곡 뽑았다.

아무도 모르는 옛 노래였지만 그는 최선을 다해 열창했다.

다음은 현성에게 마이크가 주어졌다.

그가 마이크를 쥐자 다들 초긴장 모드로 지켜보았다.

사람들의 저 기대를 어찌 저버리랴.

그래서 현성은 꼿꼿한 자세로 마이크—맥주병에 꽂힌 숟가락―에 입술을 가져간다.

그는 대체 어떤 노래를 부를까? 기대감보단 분위기를 이어가 주려는 그의 마음에 모두 고마워했다.

그 누구도 예측하지 못했다.

현성이 트로트를 부를 것이라고는. 그리고 그가 꽤나 구성지게 노래할 수 있다는 사실도.

송대관의 해 뜰 날.

무표정한 얼굴을 하고는 동요를 부르는 아이처럼 꼿꼿한 자세로 현성은 이 노래를 끝마쳤다.

"와아아아아아!"

"잘한다. 잘해!"

"삐이이이익!"

그 밤, 늦봄의 정원에서 현성네는 서로를 말없이 위로하며 새로운 내일을 다짐한다.

먹고, 마시고, 노래하고, 흔들고, 떠든다.

가끔 사람에겐 자신의 모든 것을 내지르고 모두와 함께 어울려서 자신을 내려놓을 시간이 필요하다.

꽐라가 된 상도의 노래가 돼지 멱을 따는 소리와 함께 울려 퍼진다.

그리고 놀랍게도 상도의 옆에서 탬버린을 흔드는 여인… 이선화!

흥에 겨운 상도가 트로트 메들리로 쭉쭉 밀고 나간다.

지칠 줄 모르는 체력을 자랑하는 탬버린 아줌마.

이 둘 사이에도 로맨스가 싹트고 있었다.

피식.

웃음을 잃었던 민호. 이 아이의 얼굴에서도 어느새 웃음꽃이 활짝 피어났다.

즐거울 때 웃고, 화날 때 힘껏 내지르고, 답답할 때 하소연하라.

찌그러져도 바퀴는 굴러가지 않던가.

제46장

아메리카 대륙의 몰락

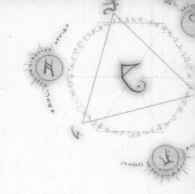

북미 대륙이 후이넘의 수중에 떨어졌다.

일각에선 미 정부가 더 이상 승산이 없다고 판단하여 전장에서 전력을 뺐다는 소문이 나돌았다.

이 소문과 관계없이 대부분의 사람은 이로 인해 큰 충격에 빠져들었다.

지구 반대편 국가의 일이지만 미국이란 나라는 심정적으로 그리 멀게 느껴지지 않았나 보다.

사람들은 내심 생각했었다.

미국이 고전은 하겠지만 결국엔 버텨낼 것이라고.

세계 최강의 군사력을 자랑하던 미국의 몰락은 곧 남미 국가들의 근심과 걱정이 아닐 수 없었다.

수많은 미국인이 죽었고 살아남은 자들은 하루아침에 천덕꾸러기 신세로 전락했다.

세계는 북미를 탈출한 사람들을 어떻게 처리할지에 대해 심각한 고민에 빠졌다.

그때 호주가 미 정부와 미국인들을 대거 받아들였고, 유럽 국가에서 나머지를 수용하기로 결정했다.

미 본토는 점령당했지만 미국의 해군력은 여전히 세계 최강이다.

또한 탈출한 스킬러와 스킬러 나이트 숫자 역시 여전히 만만치 않았다.

이처럼 막강한 전력을 갖추고도 미국은 무너지고 말았다. 하긴 거대 몬스터 게이트를 없애지 않는 이상엔 시간이 문제지, 패배는 당연한 결과가 아니었을까.

어쩜 그전에 발을 빼낸 게 현명한 결정이었을지도.

"남미도 곧 끝장이겠군."

나라와 인종과 종교를 불문하고 모든 이들이 모였다 하면 다들 이 이야기뿐이다.

이곳, 대한민국 역시 마찬가지였다.

"인간이 지배하던 육대주 중 이대주가 사라지는 건가?"

"후이넘이 대양을 건너오지는 않겠지?"

"나머지 네 대륙은 무사했으면 좋겠는데."

지구 상에 유일하게 남은 몬스터 게이트.

그 외 지역은 후이넘만 처리하면 몬스터 청정 지대가 된다.

일부에선 핵무기로 아메리카 대륙을 날려 버리자는 의견도 나왔지만 이들의 의견은 환경오염 문제와 몬스터 게이트에 모종의 영향을 줄지도 모른다는 반대 의견에 밀려 곧 사멸했다.

  앞서도 겪었듯이 미국이 핵무기를 사용하여 지금의 몬스터 게이트가 만들어진 이상 또 한 번의 핵무기가 어떤 현상을 불러일으킬지는 그 누구도 예상할 수 없는 것이다.

  차라리 저 북미와 남미를 포기하는 편이, 후이넘의 세계로 인정해 버리는 편이 남은 인류를 위해 나을지도 모른다는 얄팍한 계산을 하지 않으려야 않을 수 없다.

  국가나 개인이나 이 점에선 손잡은 분위기다.

  "골치 아프다. 우리가 백날 떠들고 토론해 봐야 뭐하겠어. 어쨌거나 아메리카노나 실컷 마시자."

  "갑자기 웬 아메리카노 타령이냐?"

  "앞으로 아메리카노 먹을 기회가 없을지도 모르잖아. 커피도… 흠."

  "어라? 생각해 보니 그러네."

  *　　　　*　　　　*

  식량과 원자재 확보에 적신호가 켜졌다.

  대한민국 정부는 이를 해결하기 위해 백방으로 노력했지만 북미에 이어 남미까지 후이넘의 손에 넘어갈지 모른다는 의식이 팽배하면서부터 각국 정부는 교역의 문을 바짝 조여 나갔다.

경제적으로 여유가 되는 사람들은 기호 식품과 식량을 사들이는 데 총력을 기울였다.

성실히 일하지만 그 노력에 대한 정당한 대가를 받지 못한 대다수 서민들은 치솟는 물가에 끼니 걱정까지 하기에 이르렀다.

노동력을 제공하는 집단의 붕괴는 곧 그 사회에 대한 사형선고나 다름없다.

물가를 바로잡기 위해 정부는 강도 높은 정책을 내놓았지만 성과는 미미했다.

그때 사람들의 반발에 부딪혀서 철회된 배급제가 해결의 대안으로 대두했고, 정부는 이를 심각하게 고려하기에 이르렀다.

그러나 이도 이를 반발하는 자들의 집단적인 저항에 부딪혀서 무산됐다.

두 달 전, 세계를 발칵 뒤집었던 대한민국의 후이넘 습격 사건은 현실적인 여러 악재에 떠밀려 사람들의 관심과 뇌리에서 빠르게 사라졌다.

아사와 타살!

과연 무엇이 더 끔찍하게 두려운 일일까.

*　　　*　　　*

맴맴맴맴매에에엠!

"그러게 진작 식량 안보에 신경을 썼어야지. 우리나라는 늘 외양간만 고치다가 볼일 다 본다니까. 휴우."

희연이 제 언니를 돌아보며 불만 가득한 표정으로 말한다.

6월 하순, 일찍 찾아온 더위로 세상은 찜통의 게처럼 익어간다.

전력난 탓에 일부 지역에선 강제 절전을 시행하고 있었다.

이곳 특구와 최우선 방호 지역은 이 정책에서 예외다.

또한 식량난이 닥치더라도 특구나 최우선 방호 지역 주민들이 이를 걱정할 필요는 사실 없었다.

최악의 경우 배급이 시행되더라도 우선적으로 이들 지역에 식량이 배당될 테니까.

그다음으로 우선 방호 지역이 될 테고, 마지막은 일반 지역 차례다.

이를 위해서 지역을 나눈 게 아니던가.

한 사람의 부자를 위해 몇백 명의 가난한 노동자가 존재하는 게 세상이다.

부당한 분배. 어제오늘의 일이 아니지만 자본의 논리에 세뇌당한 민중은 이를 자신의 역경으로 여겨 참는다.

언제나… 늘 그랬듯이.

"정치인이 예언자도 아니고 어떻게 앞일을 예측할 수 있겠니. 그나저나 많은 사람이 굶주릴 텐데… 날씨도 이리 무더운데."

그래도 더위는 참을 수 있다.

문제는 배고픔이다.

먹을 게 없어서 굶어보았는가? 아연은 이를 뼈저리게 경험한 사람이다.

하지만 이보다 더 괴로운 일이 있다.

바로 사랑하는 이가 굶주림에 지쳐 서서히 약해져 가는 모습을 지켜보는 것이다.

부디 그러한 일이 이 땅에 일어나지 않기를 그녀는 내심 진심으로 기도한다.

"그래도 비상시를 위한 대비책쯤은 미리미리 견실하게 마련했어야지. 그게 세금으로 먹고사는 정치인과 공무원이 할 일이잖아. 아냐? 언니."

"이 얘긴 그만하자. 백 마디의 불평보다 한 번의 자선이 낫지 않겠니. 그게 우리가 할 수 있는 최선이지 않을까? 다행히도 너도 나도 여력이 되잖아."

"그놈의 티끌 모아 정신이라니. 휴우, 안 그래도 그럴 생각이었어. 앞으로 월급의 칠십 퍼센트를 가난한 사람들을 위해서 기부할 생각이야."

가난에 치를 떨던 희연은 재물에 대한 집착이 또래의 그 누구보다 강한 편이었다.

그런 동생이 월급의 70퍼센트를 기부할 마음을 먹었다니…

여동생의 곱게 자란 마음이 아연은 대견하고 뿌듯했다.

"우리 동생, 착하네."

"그럼, 누구 동생인데. 이쯤은 해줘야지. 사실 우리도 대가 없는 보살핌을 받은 처지잖아."

아연은 희연이 자신의 마음을 고려하여 그 사람의 이름을 언급하지 않는 것을 눈치챘다. 또한 그녀가 곤란한 표정을 짓는 것도 놓치지 않았다.

'나… 더 노력할게, 희연아. 널 위해서라도 반드시.'

아연은 황급히 고개를 돌린 희연의 얼굴을 감싸 쥐어 자신을 보게 한다.

"우린 현성 오빠에게 늘 감사해야 해."

자신의 각오와 결심을 아연은 이처럼 말해준다.

언니의 마음을 읽은 걸까? 희연이 환하게 웃으며 갑자기 호들갑을 떤다.

"엇, 벌써 점심시간이네. 언니, 밥 먹으러 가자. 나, 배고파. 들어봐. 벌써 꼬르륵거려. 히히."

"그러네. 우리 동생 예쁜 짓에 시간 가는 줄 몰랐네. 호호."

특본의 구내식당은 호화판으로 매일 엄청난 양의 잔반이 남곤 했다.

그 잔반이 다 어디로 가는지는 알 수 없지만 평소와 달리 그게 몹시 아까워진 자매다.

앞으론 김치 한 조각, 국물 한 방울까지 모조리 먹겠노라 자매는 다짐한다.

벌컥.

"아연아, 희연아, 같이 밥 먹자!"

"상도 아저씨, 노크 좀 하시지."

핀잔은 주었지만 내심 상도의 출현이 반가운 희연이다.

희연의 핀잔만 들었지 그녀의 표정을 읽지 못한 상도는 그녀의 잔소리를 피하기 위해 너스레를 떨었다.

"여탕도 아니고 무슨 노크야. 우리 사이에."

"우리가 어떤 사인데?"

결코 물러서지 않는 희연이다.

물론 장난.

상도도 당연하다는 태도로 그녀의 말을 받아친다.

"패밀리!"

"하아, 나 당신 패밀리 아니거든요. 선화 언니에게 문의하세요."

"에이, 거 무슨 섭섭한 소리를. 내게 너와 아연이는 영원한 여동생이야."

제 가슴을 탕탕 치며 상도가 거침없이 소리친다.

희연이 고개를 절레절레 내저으며 제 언니의 팔짱을 끼었다.

"언니야, 가자. 저 아저씨가 오늘 더위 먹었나 봐."

"아우우. 야야, 같이 가!"

"싫거든요."

"에이, 그러지 말고 같이 가자. 나, 우리 팀에서 따쌓아. 힝."

"연애에 쏟는 정성, 절반만 사회생활에 쏟아봐. 사람들이 아저씨 우러러볼 거야."

"난 남자들 싫거든. 난 우리 패밀리만 좋거든. 그보다 캡틴이랑 민연 씨도 묻혀서 가자. 킥킥."

희연이 안 보는 척하면서 아연의 표정을 살핀다.

좀 전의 결심을 지키기라도 하듯 아연의 표정이 나름 평온하다.

'자꾸 부닥쳐야지. 그래야 내성이 생기고 굳은살도 생기겠지.'

"캡틴이랑 민연 언니가 먼지야? 묻혀서 가게."

"말이 그렇다는 거지. 오늘 되게 깐깐하네. 그러지 말고 같이 가자."

오늘따라 유난히 현성을 강조하는 상도를 보니 희연은 느껴지는 바가 있었다.

보나 마나 선화가 뒤에서 코치했음이 분명하다.

자신이 눈치를 챘으니 언니도 아마 눈치채지 않았을까? 이것이 언니에게 부담이 되지 않을까? 머리에 부하가 걸린 희연이다.

"아저씬 그쪽으로 붙어. 난 우리 언니랑 오붓하게 먹을 거야."

"야, 패밀리끼리 네 편 내 편이 어디 있어. 조국도 통일된 마당에. 그러지 말고 가자. 우웅, 희연아."

상도의 애교에 희연은 마지못해 간다는 식으로 말하며 현성의 사무실이 있는 곳으로 발걸음을 향했다.

실은 처음부터 이럴 생각이었던 희연이다.

"밀지 마. 우리 언니 넘어져!"

"아연이가 넘어지면 내 손에 장을 지진다! 그 동영상, 너도 봤잖아. 청담동 여신."

상도와 희연의 시선을 느낀 아연이 얼굴을 붉혔다.

누구도 예상하지 못했던 후이님의 후방 습격 사건을 통해 세간의 화제가 된 인물이 있었다.

여기 유아연이다.

당시 아연은 식당의 대형 유리 창문을 자르고 그 높은 곳에서 일말의 망설임도 없이 단숨에 뛰어내렸다.

이후 그녀는 지원부대가 오기 전까지 후이넘을 짚단처럼 베어 넘기면서 사람들을 보호했다.

그녀의 맹활약 덕분에 인명 피해를 줄일 수 있었다.

"우쒸, 무슨 남자가 입에 모터를 달았나. 한마디도 그냥 넘어가는 법이 없네. 쳇, 언니, 저런 남자는 절대 만나지 마라. 성격 버린다."

"내가 뭐 어때서? 캡틴 같은 남자가 더 영양가 없거든. 남자는 첫째도, 둘째도 다정이야."

"아저씨는 수다거든."

*　　　*　　　*

"현성 씨, 점심시간이야. 그만 일어나."

소파에서 잠을 자고 있던 현성을 민연이 힘껏 흔들어 깨운다.

요즘 민연은 현성을 의심하고 있었다.

그가 밤마다 자신을 재워놓고 몰래 사라졌다가 새벽이 돼서야 들어오는 것을 알게 되었기 때문이다.

그녀는 좋은 말로 물어도 보고, 화난 어조로 추궁도 해보았지만 아직 그 이유에 대해 한마디도 듣지 못했다.

자물쇠가 그의 입을 채워놓은 것 같았다.

하루하루 그 섭섭함이 쌓여 지금은 슬픔까지 느낄 지경이었다.

"음, 별다른 일은 없었지?"

"있었으면 깨웠겠지. 나도 공과 사는 구분할 줄 알거든."

"나도 알지."

"하아, 정말 매일 밤마다 어디 가는지 말 안 해줄 거야? 나 화병 나서 쓰러지면 현성 씨가 내 병 수발할 거야?"

민연은 오랜만에 연기자로 복귀하여 연기력을 발휘한다.

글썽글썽.

여자의 비밀 병기, 눈물.

유일하게 사용하지 않았던 그녀의 필살기다.

"네가 병들면 당연히 병 수발할 거야. 그리고 내가 입을 다문 건 이유가 있어서야. 그러니까 더 이상 캐묻지 말아줬음 해."

"우리가 남이야!"

울컥해서 소리치다 보니 왠지 자신이 버림받은 비련의 여주인공이 된 듯하다.

무르익은 그 감정이 끝내 그녀의 눈물샘을 크게 터뜨렸다.

펑펑.

"자기, 나 말고 다른 여자 만나? 그게 아니면 대체 뭐냐고!"

여자들이란 자신이 알지 못하는 제 남자의 은밀한 사생활을 포착할 때마다 늘 이 소리다.

현성은 그녀가 오늘 단단히 작심했음을 느낄 수 있었다.

사실 밤마다 현성은 특작대—특본에 소속된 북 출신 스킬러 나이트—를 몇 팀으로 나누어 그 팀과 함께 전장을 떠돌아 다녔다.

괴현상—후이넘의 후방 침략—의 발생으로 세 명의 식구를 잃은 뒤 현성은 이 땅에서 후이넘을 몰아내는 일에 대해 적극적으로 행동하고 있었다.

이는 숨길 일이 아니라 오히려 자랑할 만한 일이다.

하지만 현성은 이를 철저히 감추었다.

특작대 대원들에게도 이를 함구하도록 단단히 일러두었다.

그래서 아직 이 일은 누구의 귀에도 들어가지 않았다.

비공식적인 일이 공식적인 일이 되는 걸 그는 바라지 않았다.

두 가지 이유에서다.

명령을 쫓는 군인이 되기 싫어서, 그리고 자신과 특작대의 단련을 위해서.

현성은 특작대를 자신의 직속 친위 부대로 인정했고, 그들도 이를 받아들였다.

'예상했던 것보다 힘들군.'

비밀을 만들고 이를 함구하는 일이 어찌 좋고 쉬우랴.

이는 현성에게도 어려운 것이다.

더구나 그만저만한 인연이 아닌 어떤 인연 앞에선.

"나와 넌 남이 아니야. 그리고 나에겐 여자 없어. 오직 너뿐이야. 내생에선 몰라도 적어도 이번 생에선."

"훌쩍훌쩍. 말 예쁘게 하다가 왜 갑자기 샛길로 새는데?"

뜬금없는 그녀의 샛길 타령에 현성은 고개를 갸웃거린다.

그러다 자신이 내생을 운운한 것에 그녀가 삐졌음을 깨달았다. 왠지 그녀의 태도가 많이 누그러진 듯한 모습이다.

"그럼 내생에서도 날 만나고 싶어?"

"다, 당연하잖아. 자기는 안 그래?"

'나도 당연하지'라고 말을 하려니 조금 쑥스러워진 현성이다. 그리고 장난기도 살짝 동한다.

"…음, 난 좀 생각을."

현성은 자신에게도 이런 봄바람 같은 감정들이 있었다는 게 신기하기도 하고 즐겁기도 했다.

잠시 그가 딴생각을 하자 이를 오해한 민연이 발끈한다.

퍼억.

민연의 주먹이 현성의 옆구리를 파고든다.

일반인이 그녀의 주먹에 맞았다간 갈비뼈 여러 대쯤은 순식간에 나갈 것이다.

천만다행하게도 현성은 일반인도 아니었고, 그녀보다 약하지도 않았다.

비공식 세계 최강의 사나이가 선우현성이다.

그의 진면목을 본 사람은 누구나 이를 인정한다.

이미 그녀의 공격을 예측했고 미리 방비했기에 현성은 전혀 아프지 않았다.

하지만 가끔 없어도 있는 '척' 해야 할 때가 필요하다.

지금 같은 경우가 그렇다.

"아프다."

"칫, 내 손이 더 아프거든."

"그래? 어디 봐."

현성이 민연의 손을 소중하게 그러쥐더니 입김을 불어준다.

호오호오.

하필 이때 상도와 아연과 희연이 사무실로 들이닥쳤다.

노크도 없이 현성의 사무실 문을 벌컥벌컥 열어젖힐 수 있는 간땡이가 부은 사람은 특본에 단 한 명뿐이다.

그 간땡이를 가진 인물은 유희연. 그녀의 양 볼이 노을처럼 빨개진다.

당황한 희연의 어깨 위로 상도의 얼굴이 불쑥 튀어나온다.

"오, 그림 좋습니다, 캡틴… 아니지, 회사에선 본부장님이지. 히히."

상도는 몹시 부럽다는 듯 현성을 바라본다.

자신은 언제쯤 저처럼 아름답고 달콤한 장면을 연출하나 그날이 하루속히 오기를 상도는 기도한다.

기도는 기도고, 일단 오랜만에 잡은 건수.

약간의 시샘과 부러움을 동력 삼아 상도의 장난기가 슬슬 발동한다.

이들의 출현에 화들짝 놀란 민연은 황급히 현성에게서 떨어졌다.

그래 봐야 이미 다 들킨 상황.

아연이 고개를 옆으로 스윽 돌리며 제 입술을 살짝 깨문다.

이제 저 두 사람을 인정해야 하는데 아직까진 저들의 다정한 모습을 볼 때마다 가슴 한쪽이 뚝 떨어져 나가는 듯 아프고 시렸다.

아연에겐 좀 더 무뎌질 시간이 필요한 듯했다.

"사무실이 호텔 방이야? 작작 좀 하셔요, 본부장님아. 칫."

내심 당황한 기색을 감추기 위해서 희연이 한 소리 한다.

그러곤 상도의 소매를 재빨리 붙잡더니 밖으로 질질 끌고 나갔다.

상도는 순간 황소 열댓 마리가 자신을 끌어당기는 것 같았다.

이러니 버티기도, 저항하는 것도 무의미하다.

하지만 질질 끌려가면서도 상도의 입은 쉬지 않는다.

"어어, 왜 그래? 본부장님, 식사합시다. 식당에 가 있을 테니까 빨리 오세요. 우리 본부장님, 참 힘도 좋으셔. 밤낮… 앗! 왜 꼬집어!"

"미성년자 앞에서 그게 할 소리다. 뭐가 밤낮이야!"

"지 불리할 때만 미성년 타령이라니까. 아얏! 알았어. 알았다고! 그만 꼬집어. 네 손이 얼마나 매운지 몰라서 그런…….."

폭풍우가 훑고 지나간 현성의 사무실.

하아.

민연이 나직하게 한숨을 쉬며 현성의 가슴팍에 얼굴을 기댄다. 아연의 슬픈 얼굴을 보니 갑자기 미안함이 솟구친다.

그 표정을 현성에게 들키기 싫은 그녀다.

"자기야, 시켜 먹을까?"

보나 마나 식사 내내 상도가 놀릴 것이다.

뭐, 그쯤은 얼마든지 웃으면서 받아치거나 무시할 수 있다.

문제는 그곳에 아연이 있다는 점이다.

아연이 그렇듯 민연도 그녀 앞에서의 애정 행각은 되도록 자제하고 조심하려 하는 편이었다.

민연이 무슨 마음에서 이런 제안을 하고 있는지 현성은 알지 못했다.

그저 그녀의 제안이 나쁘지 않다고만 생각했다.

"자장면과 군만두. 자장면은 곱빼기로. 단무지는 많이."

"쳇, 기다렸다는 듯이 주문하네. 그런데 저들이 오는 거 미리 알고 있었지? 알고도 나 곤란하게 만들려고 일부러 말 안 했지?"

당연한 걸 캐묻는 민연이다.

"노코멘트."

"정말 이러기야? 흥, 알았어. 그럼 앞으로 각방이야. 그리고 밥도 혼자 먹어."

쾅.

긁적긁적.

'내 밥은……?'

띠리리릭, 띠리리릭.

책상에 곱게 앉아 있던 현성의 휴대폰이 울어댄다.

"예."

—오랜만이에요, 선우현성 씨, 아니, 선우 본부장님이라고 불러야 하나요?

젊은 여자의 음성이다.

누구지?

현성은 기억을 더듬어보았지만 좀체 떠오르지 않았다.

"누구십니까?"

상대는 자신을 아는데 자신은 상대를 모른다.

기분 나쁜 일은 아니지만 그렇다고 유쾌하지도 않다.

ㅡ아, 기분 나쁘셨다면 사과드릴게요. 저 나나세 에리카예요.

"⋯⋯!"

한 통의 전화와 영상을 전송받은 현성은 잠깐의 고민 후, 영상의 장소로 공간 이동 하기로 결심했다.

하루 세 번 중 한 번의 공간 이동을 사용하기로 한 이상 오늘 후이넘 사냥은 쉴 수밖에 없다.

이게 꼭 나쁘지만은 않다.

천리마도 천 리를 달린 후에는 쉬어주어야 하지 않겠는가.

특작대야 돌아가면서 쉬었지만 현성은 두 달 가까이 쉬지 않았다.

현성은 특작대의 리경수에게 전화를 넣어 휴무를 통고한 뒤 곧장 공간 이동을 한다.

에리카와의 만남은 굳이 말할 필요성을 못 느꼈기에 생략.

스팟.

*　　　*　　　*

일본 도쿄 근교에 위치한 도쿄 디즈니랜드.

1983년 4월 15일에 개장한 이곳은 미 캘리포니아의 디즈니랜드와 같은 양식으로 건설된 곳이지만 지금은 그 원래 형태를 찾아보기 힘들 만큼 곳곳이 파괴되어 흉물로 남아 있다.

불에 타서 형체만 겨우 남아 있는 회전목마 앞.

인적이 끊어졌던 이곳에 하나의 인영이 신기루처럼 나타났다.

선우현성이다.

오후 4시 30분, 대한민국처럼 이곳 일본도 폭염이 기승이다.

'어디 있지?'

에리카의 부름에 굳이 그가 이곳 일본까지 올 필요는 없었다.

그녀와 그는 친구도 아니고, 관계가 좋은 편도 아니다.

안 보는 게 서로 편한 사이다.

이는 에리카 본인도 잘 알고 있다.

그러함에도 이를 감수하고 자신에게 전화를 건 데에는 반드시 그랬어야만 할 이유가 있었을 것이다.

살짝 그 이유를 그녀는 언급했고 그것을 현성은 거부할 수 없었다.

기다리고 있어야 할 에리카의 모습이 보이지 않는다.

초대한 입장이면서 손님 대접이 엉망이 아닐 수 없다.

현성은 감각을 개방하여 주변을 살폈다.

그때 동화책 속에서나 볼 수 있을 법한 뾰족한 탑이 붙어 있으나 반쯤 허물어지고 불탄 성 뒤편에서 고성과 폭음이 들렸다.

'뭐지?'

이것이 함정이라면 자신을 공격해야 한다.

아니, 이런 함정을 상대가 파놓을 이유가 없다.

자신의 공간 이동 능력을 아는 이상 이런 방식의 함정은 함정으로써의 가치가 없기 때문이다.

그렇다는 것은 저 소란은 자신을 초대한 자가 곤란을 겪고 있는 상황이라는 뜻이리라.

남의 나라 일에 간섭해서 좋을 게 없다.

하지만 에리카가 던진 여운이 가시지 않은 이상 모른 척 돌아가기엔 내내 체기처럼 남을 것 같았다.

현성은 소란의 근원지를 향해 몸을 날렸다.

*   *   *

"현성 씨, 이제 반성… 어? 화장실 갔나?"

큼직한 그릇에 수북하게 담긴 얼음 빙수를 받쳐 들고 사무실로 들어온 민연은 현성이 없자 빙수 그릇을 내려놓은 뒤 그를 찾아 돌아다녔다.

화장실, 상황실, 실내외 휴게실을 돌아보았지만 그 어디에도 현성은 보이지 않았다.

다른 직원들에게 확인도 해보았지만 그를 봤다는 사람은 없었다.

'또 샌 거야? 요즘 왜 이러는 거지?'

속상해진 민연은 현성의 사무실에 앉아 그가 올 때까지 한 발자국도 나가지 않을 결심을 했다.

산봉우리 같았던 빙수는 점점 작아져서 그릇에는 어느새 물밖에 남지 않았다.

글썽.

빙수 물만 남은 그릇을 보자 민연은 주체할 수 없는 슬픔을 느꼈다.

자신은 결코 이런 사람이 아닌데, 남자 때문에 눈물이나 질질 짜는 그런 못난이가 아닌데 왜 이렇게 됐을까.

오만 생각이 그녀의 마음속에서 생성과 소멸을 반복하고 있었다.

*   *   *

복면의 남녀 이십여 명이 일남일녀와 사투를 벌이고 있었다.

수적으로 열세인 일남일녀의 상황은 매 순간이 몹시 위태로웠다.

위기 상황으로 내몰리고 있는 일남일녀는 나나세 에리카와 하세가와 순죠였다.

남녀의 뒤로 젊은 여성이 지혈하듯 자신의 배를 누른 채 주저앉아 있었다.

그녀의 손과 옷과 바닥 일부가 피범벅이었다.

저 상태로 더 두었다가는 여인의 목숨을 장담할 수 없을 것이다.

"동료끼리 이 무슨 짓이냐!"

부상자의 안위를 걱정하며 싸우던 에리카는 답답한 마음에 소리쳤다.

격렬한 양측의 싸움이 잠시 소강상태를 보였다.

순죠가 급히 몸을 날려 에리카와 어깨를 나란히 한다.

두 사람의 손에는 광검이 쥐어져 있었다.

에리카의 금광검.

순죠의 은광검.

그리고 이들을 겨냥한 색색의 광검들.

에리카는 공간 이동 스킬러이기 때문에 위기 상황에서 얼마든지 빠져나갈 수 있었지만 아쉽게도 부상당한 뒷전의 여인을 저들의 소굴에서 빼내느라 그 능력을 사용해 버렸다.

그렇지 않았다면 진즉 불리한 형국에서 벗어났으리라.

바닥엔 남녀에게 당한 세 명의 스킬러 나이트가 쓰러져 있었다.

죽은 이들의 상태는 처참하고 끔찍했다.

그 모습은 마치 생선을 토막 내어서 바닥에 아무렇게나 던져 놓은 것 같았다.

하긴 광검의 가공할 위력에 비해 인간의 육신은 너무 여리고 가냘프니 베이고 찔린 시신이 어찌 온전히 남겠는가.

복면의 무리 중 하나가 앞으로 나와 되받아친다.

"순순히 체포당했다면 일이 이렇게까지 커지지 않았을 것이다. 그리고 동료를 운운하기에는 저기 저 희생자들에게 미안하지도 않나! 나나세 에리카."

정체를 숨기려고 복면을 했을 테지만 그의 정체를 이미 알아차린 에리카였다.

"이노우에, 이 개자식아! 쿠리야마가의 비열한 짓거리를 감추기 위해서 저기 저 아유메를 죽이려 한 것도 모자라서 그녀와 접촉한 사람들까지 이유 불문하고 해친 너희가 지껄일 소리냐!"

"이 더위에 복면까지 썼는데… 알아보는군."

"흥, 네놈의 그 소름 끼치는 눈빛을 내가 어찌 잊겠느냐!"

"음탕한 여자로군. 평소 그렇게 날 자세히 들여다봤단 소리잖아. 그럼 이 복면은 소용없겠군. 하긴 곧 죽을 자들이니 얼굴을 보여도 상관없겠지."

찌이익.

복면을 찢어 내던진 남자는 에리카가 말한 대로 쿠리야마 이노우에였다.

이노우에의 얼굴을 보자마자 에리카가 욕설을 터뜨렸다.

"개새끼!"

"이제야 좀 살겠군. 에리카, 순순히 죽어주는 건 어떨까? 어차피 너희에게 승산은 없잖아. 대일본국을 위해서라도."

"개소리 작작 해라. 너희같이 잘난 척하는 족속 때문에 일본이 이 모양 이 꼴이다. 너희는 재활용도 불가능한 산업폐기물

덩어리야!"

에리카의 음성엔 살기와 분노가 가득했다.

이는 저들이 자신들을 죽이려 한다는 행위에 대한 반감보다는 적을 내 집 앞마당에 두고도 권력 쟁탈전에 열을 올리고 있는 저들의 행태에 대한 분노였다.

혈통과 가문. 그딴 게 대체 뭐라고 일본 사회는 저들이 만든 규칙을 존중하고 따라주어야 한단 말인가.

21세기 현대 일본 사회에서 권력, 명예, 부의 세습이라니.

개인이 제아무리 똑똑하고 잘나도 혈통과 가문이 번듯하지 못하면 그들의 규칙에 따라 더 이상 치고 올라갈 수 없고, 천신만고 끝에 높은 자리에 올라가더라도 인정조차 받지 못하는 외톨이로 지내다 저들에게 물어뜯기고 만다.

그러면 목숨만 간당간당할 때 손을 내밀어서는 그들을 늘 자신들에게 조아리는 노예처럼 만들어 버린다.

스킬러의 등장, 스킬러 나이트의 등장 이후 세계의 인식이 대변혁을 맞이한 지금에도 저들의 편집광적인 행동은 여전히 악습을 고수하고 있었다.

"나라를 팔아서 내 동정심을 구걸하려는 건가? 애석하지만 너 따위의 호소에 흔들릴 만큼 난 시시한 남자가 아니다. 더 이상의 대화는 무의미."

이노우에의 금광검이 한차례 요동친다.

에리카는 제 입술을 질끈 깨물며 의지를 자신의 금광검에 불어넣었다.

"호소? 개소리 마라. 너희의 더러운 수작질에 동료를 끌어들이는 것도 모자라서 살인멸구까지 저지른 너와 쿠리야마 따위에 호소할 마음은 절대 없다!"

그녀의 호통에 이노우에의 표정이 일그러진다.

사실 그녀의 호통과 질책은 이노우에가 아닌 그의 형, 나카무라에게 가야 할 소리다.

'차남의 비애지… 히치로도 그랬을까?'

이노우에는 타국에서 비명횡사한 막내 히치로를 떠올렸다.

형들의 등쌀에 어린 시절을 끙끙 앓으면서 지냈고, 커서도 형들의 수발(?)을 들어야 했던 막내.

말로만 귀여운 막내라고 했지 실제로는 그 아이의 속내를 단 한 번도 들어주지도, 보듬어주지도 못했다.

어쩜 그 때문에 히치로에게 고약한 취미가 생겨난 것일지도.

울적한 상념이 달라붙으려 하자 이노우에는 힘차게 고개를 내저어 이를 털어냈다.

"더 이상의 헛소리는 용납하지 않겠다, 나나세 에리카! 저들을 죽여라!"

번쩍.

에리카를 향해 득달같이 달려가는 이노우에와 그의 수하들.

에리카와 순죠 역시 저들을 향해 몸을 날린다.

'그는 대체 언제 오는 거야!'

선우현성의 등장을 기다리는 에리카의 마음이 바싹 타들어간다.

"죽어라!"

"너나 죽어!"

*   *   *

'일본식 집안싸움인가?'

에리카가 그토록 기다린 '그'는 전투에 개입할 의사가 전혀 없었다.

그는 철저한 제삼자의 입장에서 전투의 전개만을 지켜보았다. 저 싸움에 끼어들 명분도 없는 데다, 끼어들어 봐야 후환만 두고두고 염려해야 할 뿐이다.

그러니 조용히 지켜보았다가 기회를 포착하는 즉시 에리카를 낚아채서 사라지는 게 상수였다.

현성은 냉정하게 이 마음을 견지하고 있었다.

최근에 당신을 슬프게 만든 사건의 배후를 알려 드리죠.

통화 말미에 에리카가 현성에게 남긴 말이다.

콰드득!

여러 차례 치열하게 격돌했던 에리카와 이노우에가 서로를 향해 발을 내지른다.

각자 여기에 맞은 두 사람의 몸이 반대편으로 스프링처럼 튕겨 나간다.

에리카의 몸뚱이는 반쯤 타다가 만 벽을 부수며 건물 내부로 빠져들었고, 이노우에는 공터 쪽으로 밀려 나갔다.

그 순간, 현성의 두 눈은 마치 번갯불을 머금은 듯 번쩍거렸다.

현성은 에리카를 쫓아 공간 이동 한 뒤 그녀를 붙잡자마자 오늘 남은 마지막 공간 이동을 사용했다.

그의 결행은 하늘과 땅조차 눈치채지 못할 만큼 완벽했다.

*   *   *

소백산 은신처.

뻐근한 가슴 통증에 신음을 토하던 에리카는 곁에서 느껴지는 인기척을 이노우에의 것으로 착각하여 반사적으로 공격했다.

그러다 곧 상대가 이노우에가 아닌 것을 알아차리곤 크게 당황했다.

그녀의 공격은 시위를 떠난 화살이었다.

몸을 날린 현성은 에리카를 밀치며 함께 쓰러졌다.

현성의 재빠른 대처 덕분에 피를 보는 불상사는 일어나지 않았다.

이를 가장 기뻐하고 안도한 이는 현성이 아닌, 공격자인 에리카 본인이었다.

에리카의 배에 올라탄 현성이 재빨리 발을 뻗어 발꿈치로 광검을 쥔 에리카의 팔목을 찍어 눌렀다.

제2의 공격을 사전에 차단한 것이다.

"미, 미안해요."

기다렸던 남자가 나타났다.

이제 이노우에와 그의 사냥개들에게서 모두가 안전해질 수 있으리라.

에리카는 이리 생각했다.

하지만 곧 그녀는 이상한 점을 느꼈다.

사물과 공기가 크게 바뀌었다.

깜짝 놀란 에리카는 동료들을 찾기 위해 좌우로 고개를 틀었다.

아유메도, 순죠도 보이지 않았다.

숙녀의 배 위에 떡하니 앉아 있는 저 남자를 제외하면 사람의 기척은 전혀 없었다.

덜컥.

불안감이 그녀를 후려친다.

"아, 아유메와 순죠는 어디 있죠? 그들은 어디 있어요!"

왠지 그들은 저 남자에게 버려졌을 것만 같았다.

자신을 내려다보는 저 무심한 눈빛과 무표정한 얼굴이 그리 말하는 착각이 들었다.

오해라면 좋겠다, 진심으로.

에리카의 몸과 마음이 이 순간 크게 떨린다.

현성은 당연하다는 투로 에리카를 내려다보며 말한다.

"난 그들에게 볼일 없어."

"뭐라고요!"

혹시나 했던 의심이 기정사실로 드러났다.

에리카는 흥분과 격정에 휩싸여 몸을 떨었다.

아유메와 순죠에게 자신이 알아서 하겠으니 모두 맡기라고 큰소리를 뻥뻥 쳤다.

그런데 자신만 구출되고 두 사람은 버려졌다.

그들이 자신에게 가졌을, 그리고 이 순간에도 느끼고 있을 실망과 배신감이 고스란히 전해진다.

부들부들.

"위험에 처한 그들을 내버려 두었단 말인가요? 사람이 어떻게 그럴 수 있죠! 당신이라면 그들 모두를 구할 수 있었잖아!"

"내가 그들을 구해줘야 할 의무는 없다."

"뭐라고! 그렇다면 왜 온 거야!"

적반하장이란 말이 현성의 뇌리에 떠오른다.

현성은 에리카의 감정 상태를 감안하기로 했다.

흥분한 사람은 사리 분별 능력이 떨어지지 않던가.

몸을 일으킨 현성은 그녀에게서 떨어졌다.

상체를 발딱 일으킨 에리카는 원망이 가득한 눈으로 현성을 쏘아보며 씨근덕거렸다.

"당신은 인명 존중의 미덕조차 없는 냉혈한인가요? 아니면 그들이 일본인이라서 방치한 건가요? 그들이… 그들이 놈들의 손에 죽으면 그건 모두 당신 책임이야!"

냉철하게 판단하면 자신은 억지를 부리고 있었다.

이를 알면서도 현성을 향한 화를 좀처럼 주체할 수 없었다.

그녀는 단 한 번도 자신의 계획에 실패해 본 일이 없었다.

그런데 저 남자와 연관만 되면 매번 실패다.

이것으로 두 번째. 분명한 악연이다.

잘못을 알더라도 그 잘못을 인정하고 반성하는 일은 쉽지 않다.

에리카는 자신이 화낼 처지가 되지 못함을 안다.

알고는 있는데, 머리는 이를 수긍해도 감정을 주체할 수 없었다.

"책임을 전가하고 싶다면 해. 난 상관없으니까."

"이이이……."

"넌 지나치게 흥분해 있군. 아무래도 대화는 뒤로 미루어야겠어. 진정되면 들어와."

현성이 오두막집으로 들어가 버리자 에리카는 바람 빠진 타이어처럼 그 자리에서 퍼져 버렸다.

'아유메… 순쵸…….'

두 손으로 얼굴을 감싼 에리카는 소리 없이 오열한다.

이노우에, 아니, 쿠리야마 가문은 결코 남녀를 살려두지 않을 것이다.

앞서 자신을 지지해 주고 지켜주려 했던 사람들이 비참하게 살해당한 것처럼.

하루아침에 에리카는 조국과 동료를 잃어버렸다.

혼자가 되었다.

돌아갈 곳이 없어졌다.

한참 동안 조용히 눈물만을 쏟아내던 에리카는 이를 닦고 천천히 몸을 일으켰다.

이곳에 주저앉아 울 수 있는 자격이 자신에게는 없다고 생각했다.

그녀는 펑펑 울어도 될 자격을 얻기 위해서, 드러내 놓고 마음 아파할 수 있는 자격을 얻기 위해서 더욱더 힘을 내기로 그렇게 제 심장을 짓이기며 다짐했다.

'쿠리야마… 네놈들의 씨를 말려 버리겠다. 저자… 선우현성이란 검으로!'

삐걱.

굳은 결심으로 무장한 에리카는 오두막 문을 밀치고 들어간다. 그녀가 들어올 것을 이미 예견한 듯 현성은 아무렇지도 않은 표정으로, 무심한 어조로 한마디를 툭 던졌다.

"진정됐나?"

"…됐어."

*   *   *

세상은 언제나 변한다.

그 변화에 적응하느냐 못 하느냐는 오로지 그 생물 고유의 몫이다.

지난 세월, 인간은 지구의 모든 변화에 적응하며 먹이사슬의 맨 꼭대기를 점령한 채 당당하게 살아왔다.

또한 육식을 시작하면서 이들은 지구 상에서 가장 강한 생명체가 됐다.

짐승들에게 없는 이지가 그들의 진실한 힘의 원천이 되었다.

하지만 이들의 삶에 큰 위기가 닥쳤다.

극단적인 변화의 시기다.

진화냐, 퇴보냐의 갈림길 앞에서 인간들은 서 있다.

"안 돼. 안 돼! 피터!"

아메리카 대륙은 지옥의 땅으로 변했다.

자동차가 달리던 도로는 네 개의 다리를 가진 거대한 생물체가 점령하여 달렸으며, 인간들이 모여 살던 도시와 마을은 이 생명체의 흉포함 앞에 잿더미가 되어 날아갔다.

사람들은 살기 위해 도망쳤다.

단단한 집단의 고리가 깨어지자 인간은 나약했다.

지구 상에 존재하는 그 어떤 생물체보다 보잘것없고 허약할 뿐이었다.

자식과 아내를 지키기 위해 피터는 조악한 창을 들고 후이넘을 향해 내달렸다.

결혼 생활 7년 만에 어렵게 가진 딸이 아내의 품에 안겨 있다.

이 달음박질이 자신의 마지막이란 사실을 그는 알고 있었다.

자신의 행동이 결과를 바꾸지 못함도 알았다.

그럼에도 피터는 강대한 적을 향해 돌진할 수밖에 없었다.

'안녕, 줄리, 에일리.'

아내와 딸의 이름을 되뇌는 피터의 두 눈은 차오른 습기로 자욱했다.

죽음을 향해 달려 나가며 피터는 생각한다.

아내와 딸과 함께 죽음을 맞이하는 게 더 낫지 않았을까.

그들과 손잡고 조용히 마지막을 향해 함께 가는 게 좋지 않았을까 하고.

먼지처럼 보잘것없는 인간이 형편없는 무기를 들고 달려드는 것을 본 후이넘은 콧방귀를 뀐다.

앞서 많은 동료들이 별 해괴한 무기에 목숨을 잃었다.

존재의 의미를 획일적인 사고로 부여받은 이들에게 인간은 유희를 위한 사냥감이자, 삶의 흔적을 남기는 훈장 같은 것이었다.

인간을 점점 찾아볼 수 없는 대륙. 여기서 만난 인간 피터와 그의 아내와 딸이 마냥 반가운 후이넘이다.

두두두두.

두 생명체가 격돌한다.

피터의 조악한 창이 후이넘의 하체를 찌른다.

콰드드득.

창은 끝 부분부터 부러졌다.

인간의 연약한 손바닥은 뒤로 밀리는 창대의 마찰력에 벗겨져 살 익는 냄새를 낸다.

때로 육신의 고통보다 더 앞서는 감정이 있다.

바로 남겨진 자들을 지키지 못했다는 자괴감이다.

"크아아아악!"

피터의 입에서 처절한 비명이 터진다.

그의 몸 역시 네 개의 발굽 아래에서 끔찍하게 터져 나간다.

더 이상 그는 살아 있는 피터가 아니었다.

그는 절구에 짓이겨진 처참한 고깃덩어리에 지나지 않았다.

여기에 어찌 이름을 붙일 수 있으랴.

"안, 안 돼!"

"응애. 응애!"

피터의 아내가 제 심장을 토하듯 소리쳤다. 그녀의 딸이 어미의 참혹한 심정에 놀라 울음을 터뜨린다.

이들은 달아날 힘도, 돌아갈 곳도, 의지할 사람도 잃어버렸다.

두 눈을 질끈 내리감은 피터의 아내는 딸 에일리를 품에 안은 채 간절한 마음으로 기도한다. 이 눈을 다시 떴을 때, 가족이 모두 모여 앉아 있는 평화로운 식탁이기를.

콰지지직.

그녀의 기도는 섬뜩한 파골음과 함께 산산이 으깨진다.

어미 품에 안긴 작은 생명도 함께 슬픈 침묵 속에 파묻힌다.

자비란 짐승에게서는 찾아볼 수 없는 인간만의 감정이다.

크라라라라라라~!

모녀의 피와 파편 위에서 후이넘이 거만한 승리자처럼 함성을 내지른다.

제47장
인간은 눈뜬장님일 때가 있다

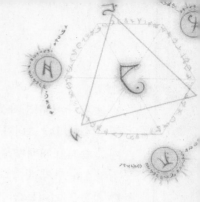

"후이넘의 이상 습격의 원인에 대해서 난 알고 있어요."

에리카는 꼿꼿한 자세와 차분한 태도로 담담하게 말했다.

몬스터 게이트도 없이 대한민국 후방에 등장한 후이넘으로 인해 전 세계가 크게 긴장한 바 있었다.

그런데 의외의 인물이 그 사건의 전말에 대해 안다니.

그녀는 자신의 말에 실린 무게와 후폭풍에 대해서 짐작은 하고 있을까?

현성은 에리카를 해부하듯 그녀를 응시했다.

"그 말에 책임질 수 있나?"

"맹세할 수 있어요."

에리카는 당당하게, 그리고 확실한 어조로 현성의 말에 대답했다.

진실일까? 아니면 거짓일까?

현성이 보기에 그녀가 거짓말을 하는 것 같지는 않았다.

이상 습격의 피해자 중 한 명이 현성이다.

김정호와 그의 처, 그리고 김승희가 그 일로 목숨을 잃었고 죽은 자들을 기리는 남은 이들 역시 아직도 그 상처로 아파하고 있었다.

현성의 눈가에 스산한 기운이 영근다.

"설명해 봐."

"아유메는 능력 증폭 스킬러예요. 예전 대한민국 정부가 그녀의 능력이 필요해서 일본 정부에 요청한 일이 있었죠. 고등학교 인질 테러 사건이었을 거예요. 당시 지금의 대한민국 지부장 유오찬이 주범이었죠."

그 현장에 현성 역시 있었다.

그리고 바로 그 사건을 통해 대중에게 널리 알려지기도 했다.

현성에게 그 사건은 인생의 전환점이라 볼 수 있었다.

"눈에 익다 했더니… 그때 그 여자였군."

"이 이야기를 들으면 더 속이 쓰릴 거예요."

현성이 눈살을 찌푸리며 에리카를 뚫어버릴 듯한 시선으로 본다.

강렬한 그 눈빛을 에리카는 피하지 않고 직시했다.

그러곤 비웃음을 띄우며 말을 이어나갔다.

"이상 현상의 배후에 쿠리야마가 있어요. 그리고 아유메

는 놈들의 죄악을 증명할 유일한 증인이자, 증거이기도 했어
요. 그런… 그런 그녀를 당신은 당신의 안위와 편리를 위해서
죽도록 방치했죠."

확실히 에리카의 말은 현성에게 적잖은 충격을 던졌다.

하지만 이미 지난 일이다. 여기에 연연하여 후회해 봐야 무
슨 소용이겠는가.

현성은 돌이킬 수 없는 일에 연연해하지 않는다.

그러니 그녀의 말에 신빙성이 있는지, 혹은 납득할 만한 근
거가 있는지가 현성에겐 더 중요했다.

어차피 복수란 자기만족이자 위안이 아닌가.

"이번 일이 밝혀지면 일본은 국제사회로부터 철저히 고립
될 수 있다."

"알아요. 그래서 본국에 은밀히 이 일을 알린 뒤 처결하려고
했었죠. 하지만 중요한 핵심이… 사라져 버렸죠. 사실 아유메
만 있었어도 승률은 반반이었는데 지금은… 그마저도 바랄 수
없게 되었어요."

현성을 향한 에리카의 원망은 여전히 가시지 않았다.

그의 능력이 부족해서 자신만 구한 것이라면 그녀는 이처럼
화를 내지 않았을 것이다.

오히려 고마워했을 것이다.

하지만 상대는 모두를 구할 충분한 힘을 갖고 있음에도 이
를 외면해 버렸다.

이 점이 에리카를 내내 화나게 만든 이유였다.

"실의에 빠지지 않은 걸 보니 너에게도 차선책이 있을 것 같은데."

그녀의 원망에 괴로워하고 슬퍼할 이유가 현성에겐 없었다.

그리고 그녀와의 인연을 오랫동안 간직할 마음 역시 그에게는 없다.

"있어요."

"그 전에 날 제대로 납득시켜야 할 거야. 후이넘의 이상 출현이 쿠리야마 가문의 짓이라 단정할 수 있는 근거를."

"당신도 알다시피 아유메는 다른 스킬러의 능력을 증폭시키는 힘을 갖고 있어요. 그녀와 같은 능력자들이 이번 사건에 다수 동원됐어요. 그들은 공간 이동 스킬러의 힘을 증폭시키는 역할을 했죠. 그리고 한 가지 첨가제가 들어갔는데, 바로 바이오 증폭제예요. 이 약품은 사람의 정신과 신체에 악영향을 미쳐요. 돌연변이 R은 당신도 이미 경험했을 테니 그 폐단을 알고 있을 거예요. 이 세 가지 요소가 작용해서 사람들이 말하는 미스터리 현상이 한국에 벌어진 거죠. 눈으로 확인하고 싶다면 언제든 확인시켜 줄 수 있어요. 단, 실험에 참가한 사람들의 정신적, 육체적 건강은 저의 책임이 아니라고 분명히 말해 두겠어요."

에리카의 태도는 자신만만했다.

에리카는 생각에 잠긴 현성을 눈 한 번 깜박이지 않고 관찰했다.

한참을 침묵하며 생각에 빠져 있던 현성이 드디어 자신의 결론을 냈다.

"이 사실을 위원회에 보고할 수도 있었을 텐데."

"약자의 말을 귀담아들어 줄 조직이 있던가요? 조직은 이해관계에 따라 움직이죠. 이것이 득이 되는가, 아니면 실이 되는가를 먼저 따진다고요. 자, 난 내가 보여줄 수 있는 모든 패를 다 드러냈어요. 당신의 의사에 상관없이 난 나대로 복수를 결행할 생각이에요. 물론 당신이 이 일에 동참하지 않겠다면 성공 확률은 떨어지겠죠. 하지만 난 이 일을 멈추지 않을 거예요. 숨어서 죽은 동료들의 넋이나 기리는 비겁한 자로 살고 싶지는 않으니까."

미친개를 살려두는 법은 없다.

현성에게 쿠리야마 녀석들은 미친개였다.

"난 이 일이 크게 불거지길 원치 않는다. 당사자들만 처리하길 원한다."

"나 역시 이 일이 확대되길 원치 않아요. 일본이 넘어야 할 시련은 아직 끝나지 않았어요. 그건 대한민국 역시 마찬가지죠."

현성이 원하는 바와 에리카가 원하는 바가 맞아떨어진다.

"방법은?"

"있어요."

"그 계획… 들어보겠다."

*   *   *

"네 시 방향에서 놈들을 확인했습니다. 숫자는 팔십입니다."

현성은 특작대 일부와 함께 북한에 와 있었다.

낮에는 특본의 한가한 본부장직을 수행했고, 이처럼 밤이 되면 후이넘 사냥꾼이 되어 북한 지역으로 들어와서 활약했다.

리경수 부장의 보고에 대원들의 전신에서 전의가 불타오른다.

북 출신 스킬러 나이트 전원이 후이넘과의 전투로 단련된 자들이었다.

그래서 초보자들이 저지를 수 있는 실수 따위는 이들에게서 찾아볼 수 없었다.

"수가 적군요."

특작대 대원의 수는 사십 명으로, 놈들과 싸운다면 한 명이 두 마리의 후이넘을 상대해야 한다.

노련한 특작대 대원들에게도 이는 쉽지 않은 전투였다.

그러니 현성의 말투는 사람들의 반감을 살 수 있었다.

하지만 이 중 누구도 그의 말에 반감을 내비치지 않았다.

모두가 그의 실력을 인정하고 있기 때문이다.

"준비하겠습니다."

"저 무리는 제가 처리하겠습니다. 리 부장님과 정찰대는 다른 무리를 찾아봐 주세요."

현성이 에리카와 헤어진 지 벌써 열흘.

그는 이틀에 한 번 꼴로 그녀에게서 일의 진척 상황을 전해 들었다.

그리고 드디어 3일 후로 공격 개시일이 잡혔다.

그날 쿠리야마의 직계와 중요 방계들이 인적이 드문 산사에 모여 조상의 제를 지낸다고 한다.

그곳에서 놈들을 몰살할 계획이다.

직계와 방계를 합친 놈들의 숫자는 40명으로, 깊은 산사다 보니 다들 공간 이동을 통해서 그곳에 모인다.

놈들이 그곳을 빠져나갈 방법은 단 하나, 뜀박질뿐이다.

'단 한 명도 살려두지 않는다.'

현성은 내심 칼을 갈았다.

쿠리야마 가문에 원한을 가진 에리카와 그녀의 동료들 역시 그날만을 단단히 벼르고 있었다.

어느새 현성은 후이넘 무리에 바짝 접근해 있었다.

뒤늦게 인간의 냄새를 맡은 후이넘이 괴성을 터뜨리며 일제히 몸을 돌려 그를 본다.

놈들의 시야에 건방진 인간 하나가 잡혔다.

상대는 단 하나. 다른 인간들은 자신들을 보자마자 겁에 질려 달아나기 바쁘다.

그런데 저 인간은 건방지게도 자신들을 똑바로 노려본다.

겨우 혼자서.

이에 자존심이 상한 놈들이 세찬 콧바람을 일으키며 전력을 다해 현성을 향해 몰려들었다.

스팟.

땅을 박찬 현성은 무심한 표정으로 놈들을 향해 돌진했다.

놈들의 덩치와 위세와 숫자는 굉장한 압박감을 발산하고 있었다.

그 무형의 기세는 태산을 짓눌러 터뜨려 버릴 만큼 대단했으나 현성은 이에 전혀 주눅 들지 않았다.

오히려 두 눈 가득 스산한 기운을 머금은 채 냉소를 뿌릴 뿐이다.

츄아아아앙!

둥글게 말아 쥔 현성의 손에서 자색의 신비로운 광검이 발출한다.

그와 근접한 후이넘의 표정이 돌변했다.

놈이 반응하여 미처 손쓸 틈도 없이 현성의 자광검이 대기를 매섭게 가른다.

쫘아아아악!

쩌억!

푸화확!

단 일검에 후이넘의 거대 육신이 반으로 쫙 쪼개어졌다.

피와 내장이 폭발하듯 사방으로 퍼지고 솟구친다.

휘익.

몸을 날린 현성은 어느새 5미터 상공에 머물러 있었다.

그의 발치에는 앞서 몸이 쩍 갈라져 죽은 후이넘의 핏물이 구름처럼 깔려 있었다.

멀리서 보면 마치 그 피 구름을 그가 밟고 서 있는 듯한 착각이 든다.

쿠아아아아!

쿠호아아아!

지면만 바라보던 두 마리 후이넘의 목이 동시에 아래로 툭 떨어진다. 목을 잃은 한 놈의 긴 등에 착지한 현성은 스프링처럼 몸을 날렸다.

그때, 신전 기둥처럼 굵직한 팔이 그를 향해 채찍처럼 날아들었다.

현성의 동공이 그 순간 확장한다.

서걱, 핑그르르.

툭.

푸화확.

후이넘의 팔이 잘려 나가고, 상반신에 커다란 구멍이 뚫린다.

눈을 까뒤집고 쓰러지는 녀석의 어깨를 밟아 옆으로 몸을 피하자 그의 잔상을 후이넘의 꼬리가 꿰뚫었다.

꼬리 공격의 실패에 놀란 후이넘의 긴 등에 현성이 착지한다.

그 순간 후이넘의 얼굴 절반이 주르르 미끄러진다.

곧이어 분출하는 핏물.

이를 배경으로 우뚝 선 그의 모습에 두려움을 모르던 후이넘마저 깜짝 놀라 주춤거렸다.

쿠아아아아아!

쿠오오오오오!

잠깐 주눅이 들었던 놈들이 일제히 괴성을 내지르며 현성을 향해 수십 발의 화염구를 내던졌다.

그 주변은 순식간에 용광로처럼 끓어올랐다.

놈들의 엄청난 공격에도 현성은 전혀 위축되지 않았다.

도리어 냉소를 입가에 머금으며 그 불의 구체들 속으로 몸을 날렸다.

멀리서 이 장면을 바라보던 리경수 외 대원들은 저도 모르게 놀랐다.

'무, 무모해!'

'굉장한 기백이다!'

강자를 향한 순수한 존경과 흠모의 마음이 이들의 얼굴에 떠오른다.

콰콰콰콰콰콰콰콰콰콰쾅쾅!

현성의 자광검이 잔상을 일으키며 허공에 그림을 그린다.

잔상이 사라진 곳마다 열기를 동반한 폭음이 연이어 터져 나왔다.

대기는 순간 화염에 집어삼켜졌다.

그 두꺼운 화염의 벽을 단숨에 꿰뚫은 현성이 놈들을 베어낸다.

인류를 경악과 혼란의 구렁텅이에 빠뜨렸던 놈들이지만 지금은 단 한 명의 인간에 의해 그것을 고스란히 돌려받고 있었다.

"리 부장님, 요즘 본부장님이 좀 이상하지 않습니까?"

"뭐가 이상하다는 거지?"

"전에는 지원만 주로 하셨잖습니까?"

이는 리경수의 의문이기도 했다.

왠지 오늘은 그 이유에 대해서 꼭 물어야 할 것 같다는 생각
이 든다.

그때 정찰조가 귀환하여 새로운 후이넘 무리에 대해 보고했
다. 리경수는 후이넘을 썩은 짚단처럼 베어 넘기는 가공할 실
력의 상관을 쳐다본 뒤 안심한 표정으로 대원들에게 명령한다.

"우린 본부장님의 직속 부대, 특작대다. 다치는 놈이 나왔다
간… 내게 죽는다. 작전 개시."

＊   ＊   ＊

격렬한 전투를 연이어 치른 이들의 전신에선 후이넘의 피
냄새와 자신들이 흘린 땀 냄새가 진동한다.

기존에 입고 있던 옷을 태워 버린 이들은 강물에 몸을 씻은
뒤 미리 준비했던 여벌의 옷으로 갈아입었다.

그제야 모두의 얼굴에서 전투의 피로감이 씻겨 나갔다.

모두가 편안하게 앉아 심신의 안정을 위한 마무리 시간을
가진다.

흡연자는 담배를 피우고, 비흡연자는 준비한 간식을 먹거나
수다로 흥분을 가라앉힌다.

리경수 부장이 캔 오렌지 주스를 들고 외따로 있는 현성의
곁으로 다가왔다.

"본부장님, 드십시오."

"고마워요."

"천만에요. 그보다 무슨 걱정이라도 있으십니까? 요즘 무리하시는 것 같던데."

현성 옆에 앉으며 리경수가 조심스레 물어본다.

"그렇게 보였습니까?"

"제가 의외로 꼼꼼한 눈썰미를 갖고 있습니다. 하하."

멋쩍은 웃음과 달리 리경수의 두 눈은 진심으로 그를 염려하고 있었다.

"개인적인 고민이야 다들 한두 가지씩은 안고 살지요. 저라고 특별하겠습니까."

"사적인 고민이십니까?"

잠시 두 사람 사이에 침묵이 흐른다.

그 침묵은 어색하지도 불편하지도 않은 편안한 감정의 휴식 같은 것이었다.

"저, 본부장님."

"예."

"저희 특작대는 본부장님의 친위대라는 자부심을 갖고 있습니다. 이를 알아주셨으면 합니다."

현성은 자신을 굳게 믿어주는 특작대 대원들의 충실한 태도가 사실 이해되지 않았다.

능력이 부족해서 배경과 그늘이 필요한 사람들이라면 몰라도 저들은 그와는 거리가 멀었다.

대체 저들은 자신의 무엇을 보고 그리들 믿고 따를까.

자신을 향한 리경수와 대원들의 충성심을 받자니 가끔씩 드는 의문이었다.

"항상 고맙게 생각하고 있습니다."

"인사를 받고자 하는 이야기가 아닙니다, 본부장님."

두 상관의 진지한 대화는 후덥지근한 밤공기를 타고 대원들에게도 전해졌다.

대원들 모두가 두 사람의 이야기에 조용히 귀를 기울인다.

"저희가 본부장님의 친위대인 걸 자랑스럽게 여기듯 본부장님도 저희를 본부장님의 친위대로 인정해 주셨으면 좋겠습니다. 이것은 저와 대원들의 진심입니다."

여기저기서 동조의 고갯짓이 나온다.

이해관계를 따지지 않고 타인을 무작정 따르고 좋아하는 일은 쉽지 않다.

은혜를 은혜로 갚는 자가 적은 세상이다.

오히려 은혜를 원수로 갚지 않으면 다행으로 여겨야 한다.

그러한 세태에서 리경수와 특작대 대원들은 별종이라 할 수 있었다.

'저들은 날 저들의 지도자 동지쯤으로 여기는 걸까?'

"리 부장님이나 대원들은 자유의지를 가진 사람들입니다. 저와의 상하 관계는 조직 구조상 발생한 격차입니다. 그러니 동료라는 개념으로 생각해 주셨으면 합니다. 전 그것으로 충분합니다."

"본부장님이 정 그러시다면 본부장님은 저희를 동료이자 전우로 생각해 주십시오. 전 본부장님의 친위대 부장이라 생각하겠습니다."

리경수의 말이 끝나자 두 사람의 대화를 경청하던 대원들이 저마다 한마디씩 한다.

"저도 리 부장님과 같은 생각입니다, 본부장님."

"야, 네가 어디라고 끼어들어."

"이런, 순간 울컥해서. 하하."

"칫, 흐음, 본부장님, 저도 리 부장님이나 이 녀석과 생각이 같습니다."

여기저기서 '저도요', '나도요'라는 말이 튀어나온다.

리경수는 몹시 흡족한 표정으로 대원들을 바라본 뒤 현성을 돌아보며 활짝 웃음 짓는다.

"이게 저희의 진심입니다, 본부장님."

세상엔 막을 수 없는 게 있다.

세월과 사람의 마음이다.

"그럼 서로의 친위대를 자청하도록 하죠."

엷은 미소와 함께 현성이 이리 제안하자 모두가 파안대소하며 기뻐했다.

그때 누군가 수통을 꺼낸다.

"이런 날, 술 한 잔이 없음 안 되죠."

"야, 너 술 갖고 왔니?"

"한 모금은 보약이야. 넌 없냐?"

"당연히 있지. 크크."

"본부장님, 부장님, 한 잔씩 어떻습니까? 서로의 친위대를 위해서 말입니다."

어찌 이 술을 마다하랴.

"그러죠."

현성이 허락하자 대원들이 몰래 가져온 술을 꺼내 든다.

모아놓고 보니 그 양이 제법 많다.

"친위대를 위하여!"

"전우를 위하여!"

"본부장님을 위하여!"

*　　　*　　　*

"형님, 에리카의 계획을 알아냈습니다."

쿠리야마가의 본가.

이노우에의 보고에 그의 형, 나카무라는 시큰둥한 반응을
보였다.

"그년과 그년의 동조자들을 모두 쓸어버릴 것이지 보고는
무슨 보고냐. 그 건은 네 선에서 해결해."

"전에 그녀를 놓친 일도 있었으니 이번엔 완벽하게 일을 마
무리 지어야 하지 않겠습니까?"

그물에 걸린 물고기가 어찌 자력으로 빠져나갈 수 있으랴.

그날, 도쿄 디즈니랜드에서 에리카를 놓친 이후 이노우에는
그녀를 돕는 또 다른 세력이 있지 않을까를 깊이 의심하고 있
었다.

이런 의심이 없었다면 이노우에 역시 시간을 끄는 일 따위는 하지 않았을 것이다.

이를 몰라주는 형의 태도에 섭섭함이 잠시 들었지만 이노우에는 겉으로 드러내지 않았다.

최근 연이어 실패를 맛본 큰형 나카무라의 심기가 몹시 예민해져 있음을 알고 있었기 때문이다.

"무슨 뜻이냐? 혹시 다른 두 가문에서 그녀를 지원하는 정황을 포착한 것이냐?"

나카무라의 태도가 사뭇 진지해진다.

"그건 아닙니다."

"확실해? 흐음, 그게 아니라면… 아니다. 그래, 그녀의 계획이란 게 무엇인지나 들어보자."

경쟁 관계에 있는 가문이 관여한 일이 아니라는 이노우에의 보고에 나카무라의 긴장감은 크게 떨어졌다.

"의문의 조력자와 함께 저희를 공격할 계획을 세웠다고 합니다."

"의문의 조력자라… 이 땅에서 그들을 도와줄 조력자가 있나? 혹시 지부장이?"

"우려할 만한 세력의 움직임은 포착되지 않았습니다. 외부인인 것 같습니다. 물론 제 개인적인 추측입니다."

나카무라의 표정이 심각해진다.

일본 내부의 일에 개입할 만큼 배짱 두둑한 세력은 많아야 두 곳.

곰곰이 생각해 보니 그들이 협정을 깨면서까지 에리카의 조력자가 될 이유는 없었다.

얻는 것보다 잃을 게 더 많을 것이 뻔한 싸움에 끼어들 만큼 그들은 어리석지 않다.

그럼 대체 그녀의 조력자는 누구란 말인가.

추리를 포기한 나카무라.

"어딜 것 같으냐?"

"최근 저희와 원한이 있는 쪽은 한국입니다."

"발등에 떨어진 불을 겨우 끈 주제에 놈들이 우리를 넘본단 말이냐?"

큰소리치긴 했지만 나카무라의 내심은 편하지 않았다.

'그놈이면 일당백의 능력자다. R과 스킬러 나이트의 전투력의 갭이 크다고 해도… 놈이라면……!'

선우현성의 무표정한 얼굴이 나카무라의 망막을 스친다.

섬뜩하다.

하지만 그자가 에리카의 조력자로 나설 이유가 없었다.

두 사람의 관계는 우호적이지 않기 때문이다.

"가만, 이틀 후면 제를 지내는 날이 아니냐?"

"그렇습니다. 놈들에겐 절호의 기회로 보일 수 있죠."

"이노우에."

"예, 형님."

"손님맞이 준비에 만전을 기해라. 상대가 누구라도 박살 낼 수 있도록."

복수의 걸음을 내딛는 순간 누군가의 보복도 감수해야 한다.

그래서 복수의 길은 끝이 없다고도 한다.

그리고 종국에는 서로가 무엇을 위해 복수하고 보복하는지조차 잊고 만다.

그냥 서로를 증오하며 죽이는 일에만 몰두할 뿐이다.

이것이 복수와 보복에 빠져든 자들의 편향성이다.

"준비하겠습니다."

이노우에가 물러가자 자리에서 일어선 나카무라는 자신의 애검을 빼 든다.

쿠리야마 가문에 대대로 내려오는 보검.

'대쿠리야마 가문을 노리는 놈이라면 그게 누구든… 뼛가루조차 남겨두지 않겠다.'

*   *   *

어슴푸레한 새벽녘에야 집으로 돌아온 현성은 민연이 누워 있는 것을 본다.

기척을 죽이며 침대로 걸어간 현성은 그녀가 잠들지 않았다는 것을 알 수 있었다.

그녀를 보자 현성의 가슴에서 파문이 인다.

요즘 들어 자주 이러한 현성을 겪고 있는 그였다.

'불안감인가?'

조용히 반문해 보는 현성이다.

"자?"

"자."

억눌린 목소리로 그녀가 대답한다.

그녀의 목소리는 마치 힘에 부쳐 아파 신음하는 것 같다.

침대에 걸터앉은 현성은 그녀가 듣지 못하도록 나직한 한숨을 불어낸다.

잃고 싶지 않은 것들이 하나둘 생길 때마다 걱정이 늘어난다.

그 걱정은 점차 불어나며 마음을 붙잡고 점점 아래로 잡아끈다.

그래도 이 추를 치워 버리기 싫은 현성이다.

"자는데 어떻게 말해."

왜냐면 그곳이 자신의 안식처이기에.

"입은 안 자."

"음… 그렇구나."

그녀가 자신에게 삐진 이유를 안다.

과연 자신의 침묵이 그녀를 진정으로 위하는 것일까? 현성은 그렇게 반문해 본다.

'내 만족이겠지.'

비밀이 없어야 할 사이에 하나씩 하나씩 비밀을 만들다 보니 그 하나가 지금은 거대한 벽이 되어버린 것 같다.

그 벽에 부딪혀 그녀가 상처받고 있다.

민호만 남긴 채 비명횡사한 아이의 가족들은 이 아이에게 아주 많은 말을 해주고 싶었을 것이다.

하지만 그들에게는 더 이상 기회가 없다.

어쩜 자신도 그 기회를 저버리고 있는 것이 아닐까.

현성은 결심했다.

"묻고 싶은 거 있음 물어봐."

"묻는다고 대답해 줄 거 아니잖아."

"대답해 줄게."

꿈쩍도 안 할 것 같던 민연의 작고 가녀린 등이 그의 말에 움찔했다.

그것은 크고 거대한 댐의 구멍과도 같은 것이었다.

절대 돌아봐 주지 않을 것 같던 민연이 부스럭거리며 앉는다.

현성을 향한 그녀의 등은 여전했지만 적어도 입만 깨어 있던 좀 전보다는 훨씬 낫다.

"매일 밤 어디 가는 거야? 그리고 지난번에 왜 사라졌어?"

"설명할 테니까 날 돌아봐 줄래?"

진심을 담아서 그가 말하자 민연이 못 이기는 척 돌아앉아 그를 봐주었다.

민연의 얼굴에서 현성은 마른 눈물 자국을 본다.

시큰하다.

현성은 자신이 왜 매일 밤 나갔는지에 대해서 나직한 음성으로 그녀에게 설명한다.

쿠리야마 가문과의 일뿐 아니라 에리카의 일 역시 숨기지 않았다.

한 시간도 안 걸려 할 수 있는 이야기를 왜 하지 못했을까?

다 말하고 보니 참 별것도 아닌데 하는 생각이 든다.

"왜 내게 말하지 않은 거야? 함께 고민할 수도 있었고, 서로 힘이 되어줄 수도 있었잖아. 알아. 내가 당신보다 약하고 내 도움이 당신에게 실질적인 힘이 되어줄 수 없다는 것도. 하지만 하나는 내가 당신에게 해줄 수 있었잖아."

민연이 현성의 머리를 제 가슴으로 껴안는다.

그녀의 가슴에 안긴 현성은 따뜻함과 편안함을 느꼈다.

수다스러운 남자가 되는 것도 그리 나쁘지만은 않았다.

둘 사이에 놓여 있던 벽이 허물어지는 소리를 그는 들을 수 있었다.

"나, 당신 의심하고 원망했어."

민연이 고백한다.

"미안."

"그렇게 쉽게 사과하는 남자 아니잖아. 갑자기 왜 감성적이 된 거야. 무슨 일 있어?"

"아니."

"정말?"

"맹세해."

"맹세 같은 건 함부로 하지 마."

"그럴게."

이 남자, 오늘따라 너무 고분고분하다.

이 남자의 내심에 변화라도 생긴 걸까? 사람이 변하면 일찍 죽는다는데.

덜컥 겁이 난 민연이 그를 힘주어 껴안는다.

"잠깐, 그런데 에리카란 일본 여자와는 왜… 함께 밤을 보낸 거야?"

민연의 음성에서 질투가 묻어난다.

현성은 그녀가 이를 문제 삼을 것이라고는 예상치 못했다.

그렇다고 놀라거나 당황하지는 않았다.

왜냐면 자신은 떳떳하니까.

"말했잖아? 돌아올 수 없었던 상황이었다고."

"정말이지?"

"당연하잖아."

"좋아, 당신이 하는 말이니까 특별히 믿어줄게."

현성은 그녀의 선심에 기뻐하는 자신을 볼 수 있었다.

피식.

그래도 안심되는 이 기분은 뭐란 말인가.

자신을 향한 그녀의 사랑보다 그녀를 향한 자신의 사랑이 더 커진 것일까.

그렇더라도 손해 보는 느낌은 없다.

그녀와 자신은 하나니까.

"고마워."

"갑자기 너무 유순해진 것 같네. 그런데 그 쿠리야마 가문과의 원한은 완전히 끝맺은 거야?"

"아니."

"괜찮겠어?"

"괜찮을 거야. 괜찮도록 만들 테니까 염려하지 마."

앞으로 15시간 후, 현성은 쿠리야마 가문의 직계와 방계들이 모인 사원으로 쳐들어간다.

가기 싫은 마음이 없다면 거짓말이다.

세상엔 영원한 승자도, 강자도 없다.

그리고 변수라는 요소도 인생에 꼭 박혀 있는 법이다.

하지만 이런 복잡한 마음까지 그녀에게 설명할 필요는 없으리라.

"피곤하겠다, 우리 자기."

"많이."

"내가 재워줄까? 한 시간밖에 시간이 없지만."

"출근 안 해도 되지 않나? 내가 총관리잔데."

"식구들 말이야."

"대가족도 힘들구나."

"난 그들이 옆에 있어줘서 좋아. 여자는 남자가 채워줄 수 없는 부분이 존재하니까."

"수다 말이군."

야릇한 표정이 된 민연이 현성의 팔뚝을 힘껏 꼬집는다.

죽을 만큼 아프지는 않았지만 현성은 곧 죽을 것처럼 엄살을 부렸다.

이런 어리광을 언제 부려보았던가? 까마득한 현성이다.

민연이 걱정스러운 표정으로 현성의 팔뚝에 입김을 불어넣고 입술을 갖다 붙인다.

따뜻한 그녀의 숨결과 부드러운 입술의 촉감에 현성은 활짝 웃었다.

고개를 숙이고 있었기에 민연은 그의 환한 웃음을 볼 수 없었다. 그리고 남녀는 약속이라도 한 듯 하나가 되어 침대로 쓰러진다.

뜨거운 바람이 불었다.

그리고 그 바람이 식는다.

"많이 졸리네."

"자자."

현성은 민연의 가슴에 얼굴을 묻고 눈을 감았다.

그는 그녀의 냄새를 좋아한다.

그는 그녀의 온기와 부드러움을 좋아한다.

그리고 이 전부를 합친 것보다 그는 그녀를 더… 쿨쿨.

*　　　*　　　*

정오의 따가운 햇볕이 현성의 잠을 떠밀어 쫓아낸다.

포근한 잠기운에 안주하고픈 현성은 햇살을 피해 움직였다.

누군가의 숨결이 그의 얼굴을 쓰다듬는다.

모호한 의식의 저편에서 현성은 잠들기 전의 기억이 떠올랐다. 노곤함에 빠져 있던 그의 의식이 하나하나 깨어난다.

육신의 감각이 활성화된다.

따뜻하고 부드러운 살갗이 느껴지고, 달콤한 냄새가 온몸으로 스며든다.

스르륵.

묵직했던 눈꺼풀을 올리자 눈앞에 아름다운 세상이 놓여 있다. 그의 아름다운 세상의 이름은 차민연이었다.

타인이었던 두 사람이 만나서 서로에게 행복이 되어주고 천국이 되어준다.

이보다 더 소중하고 값진 보물이 세상에 또 있을까.

세상에서 가장 소중한 보물을 현성은 끌어안는다.

조심조심.

이 느낌에 깬 민연이 옅은 신음을 흘리며 상체를 살짝 뒤로 비튼다.

그녀의 입가에 드리운 미소가 현성을 행복하게 한다.

"으음, 언제 깼어?"

반쯤 감긴 눈으로 민연이 말했다.

그러곤 곧 그의 손을 제 가슴으로 당기며 현성의 냄새를 맡는다.

그녀에게서 현성은 평화를 느낀다.

"방금. 그런데 아무도 안 왔나 보네."

주방의 전령사를 자청하는 이 집의 구성원, 희연, 민호, 준희.

"돌려보냈지."

"다들 이상하게 생각했겠네."

"전부터 다들 자기를 이상하게 생각했어. 내색을 안 했을 뿐이지."

"나만 모르고 있었나 보네."

"무딘 남자야, 자긴. 그래도 조금씩 표현하는 남자가 되고 있으니까 괜찮아."

"인간은 성장할 수밖에 없으니까."

"철학자처럼 말하네. 시간이 벌써 이렇게 됐네. 이제 일어나야지?"

인생을 꼭 계획적으로 살 필요가 있을까.

틀에 맞춰가며 아등바등 살 필요가 있을까.

왜 다들 불편과 피곤함을 감수하면서 쫓기듯 살아갈까.

좀 더 오래 행복을 붙잡고, 편안함을 붙잡고 살아도 인생은 너무 짧지 않은가.

"좀 더 이렇게 있었으면 좋겠는데."

"시계 같은 사람이 웬일이야? 하지만 난 이편이 좋네."

현성은 민연이 자신의 의견에 찬성해 주면서 품속으로 안겨오자 기뻤다.

권력, 명예, 부, 개인의 자부심 따위가 인생에서 다 무슨 소용일까. 그냥 이처럼 서로를 사랑하면서 함께 세상을 걸어가면 될 텐데.

"너그럽네."

"훗, 자기보다 연상이라서 그렇겠지."

"……?"

잠들기 전에 현성은 잠깐 생각했던 것이 있었다.

그런데 그것을 그녀가 어찌 알고 저리 말하는 것일까.

어리둥절한 그를 바라보며 민연은 삐진 표정을 짓는다.

"잠꼬대했잖아, 연상녀라서 그런가 하고."

"아… 할 말 없네."

"됐어. 늙은 내가 참아야지. 젊은 아저씨보고 참으라고 할 수는 없잖아."

"좋다는 것이었는데."

"자기, 나이 들어서도 그 맘 변치 않길 바라겠어. 딴 건 다 용서해도 바람은 안 된다. 바람피우는 순간 이 누님에게 당신은 괴롭힘당할 테니까."

피식.

"웃어? 농담으로 들려?"

"아, 미안. 이제 일어나자, 민연 누님."

현성의 이 농담에 순간 울컥한 민연이 그의 코를 깨문다.

"어이, 그건 코라고. 입은 그 아래야."

"갑자기 능글맞아졌어. 칫, 나 먼저 씻는다."

현성의 가슴팍을 밀쳐 낸 민연이 침대 밖으로 빠져나간다.

민연의 손목을 잽싸게 낚아챈 현성이 그녀를 침대로 잡아당긴다.

털썩.

"왜?"

"같이 씻자고."

현성의 제안에 민연의 얼굴이 잘 익은 홍시처럼 붉어진다.

"미, 미쳤어."

"그 어느 때보다 멀쩡한데."

"시, 싫어."

부끄러움에 붉게 상기된 민연이 현성에게서 벗어나 도망치듯 화장실로 숨어버린다.

딸깍.

쫓아오지 말라는 뜻으로 그녀는 문까지 잠근다.

저러니 어찌 쫓아가겠는가.

남자에게 여자는, 여자에게 남자는 참으로 알 수 없는 존재가 아닐까 싶다.

자세를 바로 해서 누운 현성은 그 눈길을 천장으로 보낸다.

모든 사람이 지금 이 순간에도 느끼고 있으리라.

자신들의 미래가 점점 닫혀가고 있음을 말이다.

하지만 이를 알고도 모두가 희망을 끌어안고 살아간다.

잘될 거야, 할 수 있을 거야, 나는… 아닐 거야 하는 긍정적이고 조금은 개인주의적인 사고방식으로.

현성은 스스로 의문을 던진다.

지금의 인류가 자잘한 전투에는 승리했지만 전체의 운명을 결정지을 메인 전투에서도 과연 그럴 수 있을까.

"…그의 이름은 날개를 가진 뱀, 케찰코아틀루스… 그는 종말을 뿌리는 왕."

이교도의 종말의 경전을 읊는 습관을 언제부턴가 그는 갖게 됐다.

그것은 죽음의 노래였으며, 절망의 찬가였다.

죽음을 겪어보았기에, 그 느낌을 알기에… 사실 현성은 죽음이 두렵지 않았다.

그런데 시간이 지날수록 죽는다는 게 두려워졌다.

아니, 싫었다.

좋아하는 이의 곁을 지켜주지 못하고, 좋아하는 이의 손을 잡아줄 수 없고, 바라볼 수 없다는 사실이 뼈저리게…

'그건 즐거울 수 없잖아.'

제48장
허를 찌르다

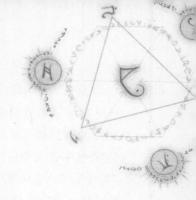

　올해 36세인 김용수는 대한민국에서도 노른자위라 할 수 있는 특구의 안전과 치안을 담당하는 기관인 특본의 이인자다.

　그의 입김과 권력으로 고위급 공무원이라 할지라도 한 방에 날려 버릴 수 있다.

　하나 그는 단 한 번도 자신의 힘과 권력을 남용하지 않았다.

　언제나 조용히 매사에 차분하고 겸손하게 임했다.

　이러한 그의 처신은 자연 사람들의 귀감일 수밖에 없었다.

　특본에 배치된 또 한 명의 부장, 리경수와는 다른 면모였다.

　복도에서 김용수 부장과 리경수 부장이 만났다.

　서로 안면만 텄을 뿐 두 사람의 관계는 아직도 어색하다.

　이렇다 보니 두 사람의 직속 수하들도 상관의 태도에 영향을 받아 서로 가까이하지 않았다.

먼저 손을 내밀고 말을 붙이는 순간 자신이 상대를 향해 먼저 고개 숙이고 들어가는 것이라고 여겼기에.

"본관엔 무슨 일입니까, 리 부장."

"일이 있어야 옵니까?"

퉁명한 리경수의 대꾸를 김용수는 아무렇지도 않게 받아들인다.

실제 그의 속마음은 표정과 달랐지만.

참고로 리경수가 김용수보다 열 살이 많다.

"간부가 수시로 자리를 비우는 것은 옳지 않지요."

"김 부장이 내 상관도 아닌데 일일이 보고해야 합니까? 내 상관은 '오직' 본부장님뿐이오. 김 부장이야 모르겠지만."

두 사람이 결코 친해질 수 없었던 이유가 바로 여기에 있었다.

리경수와 그의 수하들은 선우현성의 수하를 자처했고, 김용수와 특본에 배치된 대부분의 직원은 유오찬을 따르는 자들이었다.

특본에 배치된 유오찬의 사람들은 날이 갈수록 위기감을 느끼고 있었다.

특본과 특구 자체가 현성의 손아귀에 완전히 넘어가지 않을까 걱정하는 것이다.

"본부장님도 그분의 수하입니다. 그 점, 유념하시기 바랍니다."

"원래 센 놈이 장땡 아니오?"

"그… 말, 무슨 뜻이오?"

"별 뜻 없소. 아, 이만 실례하겠소. 유 팀장님."

아연을 발견한 리경수와 그의 수하들이 활짝 웃음 지으며 그녀를 쫓아간다.

기존 특본 대원 중 차민연, 유씨 자매—아연, 희연—와 상도는 리경수를 비롯한 북측 출신 대원들에게 가족 같은 대접을 받고 있다.

이들 역시 김용수 부장보단 리경수 부장을 더 신경 쓰고 챙겨주는 편이었다.

"김 부장님, 지부… 죄송합니다. 단장님께선 왜 이 사태를 묵인하시는 겁니까? 특본이, 특구가 어떤 곳입니까?"

분개하는 목소리에 다른 이들도 가세한다.

"맞습니다. 놈들의 태도가 너무 건방집니다."

"신속한 조치가 필요합니다. 이 이상 방치했다간 특본과 특구가 놈들의 수중에……."

부하들의 태도가 과열되자 용수가 진압한다.

"그만. 선우 본부장님도 우리의 상관이다. 다들 각자 자리로 돌아가라."

불만이 가득한 부하들을 돌려보낸 김용수는 자신의 사무실로 들어왔다.

자리에 앉은 그의 미간에 주름이 깊어진다.

부하들의 불평불만을 잠재웠지만 그 역시 불안하긴 매한가지였다.

'그렇지 않아도 위험한 호랑이인데 날개까지 달아줬으니…
휴우, 오찬 님은 대체 무슨 생각이신 거지?'

자신에게 위협이 될 적을 결코 살려두는 법이 없던 남자가
유오찬이다.

그랬던 남자가 선우현성이란 남자에겐 유독 관대하고 너그
럽다.

물론 그 하나만 놓고 보자면 문제를 일으킬 인물이 아니다.

문제는 그의 주변 인물들이다.

특히 리경수와 특작대 대원들이 김용수는 무척 신경 쓰였다.

최근 들어 그들이 모종의 집단행동을 빈번하게 하는 것도
그렇고.

"감시하기엔 인력이 턱없이 부족해."

하아.

하나의 산에 어찌 두 마리 호랑이가 공존할 수 있으랴.

오찬을 향한 충성심이 깊은 만큼 현 상황이 무척 걱정되는
김용수 부장이다.

하지만 그가 계획하고 결행할 수 있는 일은 없었다.

자칫 잘못했다간 모두를 평지풍파로 몰아넣을 수 있었다.

그저 조용히 지켜보는 게 그가 할 수 있는 유일한 일이었다.

*　　　*　　　*

현성은 민연의 잠든 모습을 내려다본다.

그녀의 입꼬리에 걸린 미소가 행복해 보인다.

그녀는 지금 무슨 꿈을 꾸고 있는 것일까? 그녀의 꿈속에는 어떤 세상이 펼쳐져 있을까.

그 꿈의 일부에 자신이 있었으면 하고 그는 바란다.

민연의 귀를 덮은 머리카락을 귀 뒤로 조심스럽게 넘긴 현성은 방을 빠져나온다.

뒤뜰 창고로 들어간 현성은 그곳에서 상자 하나를 꺼냈다.

네 자루의 반자동 권총과 탄창이 그 안에 들어 있었다.

이 모두를 챙긴 현성은 준비한 외투를 걸치며 이를 감추었다.

자신의 무장 상태를 확인한 현성이 휴대폰을 꺼내어 에리카로부터 전송된 영상을 머리에 기억하며 공간 이동 했다.

창고 안에서 사라진 현성은 달을 머금은 산중에 그 모습을 드러냈다.

바스락거리는 소리와 함께 누군가 현성에게로 다가온다.

에리카였다.

"왔군요."

에리카의 표정은 초췌하고 피곤해 보였다.

하긴 일본 열도가 쿠리야마 가문의 영향력 아래 있는 이상 그녀의 활동은 분명 많은 제약을 받았을 것이다.

"사원은?"

"절 따라오세요."

이곳엔 에리카 외에도 다수의 사람이 숲에 숨어 있었다.

밤의 풀벌레들은 이들의 기척에 숨죽이고 있다.

오직 사람들의 심장과 호흡 소리와 미세한 부딪침 소리만이 들리는 전부였다.

이를 뒤로하고 산길을 조금 걸어 내려간 현성은 커다란 바위를 볼 수 있었다.

에리카는 말없이 바위 위로 올라갔다.

바위에선 산속을 밝힌 사원이 보였다. 규모는 그리 크지 않았다.

"저곳이에요. 저기 서쪽 건물에 두 형제와 쿠리야마의 측근 가신들이 있어요."

에리카의 검지가 가리킨 방향으로 현성이 눈길을 던진다.

기와가 얹어진 단층 건물이 있었고, 그 주변엔 몇 명의 남자들이 서 있었다.

다른 곳보다 이곳 건물의 경계가 유독 심했다.

"확실한가?"

"저희 측 사람이 저곳에 있어요. 확인은 끝냈어요."

"몇 명이나 있지?"

"쿠리야마 형제를 비롯해서 가문의 핵심 인사 열여섯 명이 있어요. 총 열여덟 명이죠."

"전원 스킬러 나이튼가?"

"일반인이 여덟 명이고 나머지는 전원 스킬러 나이트예요."

열 명의 스킬러 나이트는 부담되는 숫자다.

나이트로서의 광검도 위험하지만 스킬러 고유의 능력에도 주의를 기울여야 한다.

일순간에 저들 모두를 끝낼 수 있다면야 좋겠지만 혼자서 열여덟 명을 모두 참살하기는 벅차다.

"생각보다 많군."

"조심해야 할 거예요. 쿠리야마 형제와 세 명이 공간 이동 스킬러예요. 나머지 인물에 대해선 저도 정보가 없어요."

에리카의 표정은 긴장감으로 잔뜩 굳어 있었다.

이번 작전의 핵심은 저 건물에 있는 열여덟 명을 처리하느냐, 못 하느냐였다.

일이 실패했다간 끔찍한 피바람을 각오해야 했다.

"저 건물 안에 있는 자들은 내가 처리하지. 나머지는 당신이 알아서 결정하도록."

"괜찮겠어요?"

현성의 실력을 어찌 에리카가 모르랴. 하지만 상대는 공격 본능만 앞서는 R과는 차원이 다른 존재다.

그들은 연수도 할 수 있고, 도주도 할 수 있으며, 외부의 지원도 불러들일 수 있다.

에리카는 자신을 쳐다보는 현성을 마주 보다가 곧 시선을 돌렸다.

"바로 시작하겠다. 그리고 이 일을 끝으로 우린 무관한 사이다."

"약속하죠."

"좋아."

에리카의 눈앞에서 사라진 현성이 다시 그 모습을 드러낸

곳은 예의 서쪽 건물 지붕 위였다.

두 눈을 부라리며 주변을 경계하던 사원의 경비들과 현성을 눈앞에서 놓친 에리카는 설마 그가 이곳에 있을 것이라곤 전혀 예상하지 못한다.

지붕에 납작 엎드린 현성은 감각을 돋우어 건물 내부의 인기척을 잡아냈다.

'그녀의 정보가 틀리지 않군.'

정보의 진위 여부를 파악한 현성은 기척이 느껴지던 곳의 지붕 기와를 하나씩 조용히 벗겨 그 내부를 매의 눈으로 살폈다.

이와 같은 행동을 네 차례 반복하던 현성의 두 눈에 갑자기 차가운 섬광이 어린다.

노리던 표적을 찾아냈기 때문이다.

지붕을 뚫고 들어가 적을 쥐도 새도 모르게 해치우는 건 현성이라도 불가능하다.

더욱이 자신의 신분을 철저히 감춰야 한다는 약점도 안고 있었다.

그는 세 가지 계획을 사전에 세워 왔다.

현성은 그중 세 번째 계획을 실행하기로 결심했다.

그의 계획은 건물과 그 안의 사람들을 통째로 어딘가로 끌고(?) 가는 방법이었다.

최적의 장소 역시 이미 물색해 두었다.

이제 적들이 눈치채지 못하게 움직여 대응할 여지도 주지 않아야 한다.

두어 차례의 심호흡을 통해서 현성은 일말의 망설임도 없는 완벽한 결행의 마음가짐을 고쳐시켰다.

이 모든 게 끝나자 현성은 남은 공간 이동 능력을 사용했다.

건물과 그 안의 생명체들을 모조리 그가 생각해 둔 장소로 끌고 간 것이다.

눈앞에서 건물 한 채가 갑자기 사라지자 주변의 경비들과 멀리서 이를 지켜보던 에리카는 귀신에 홀린 듯 넋이 빠졌다.

겨우 정신을 차린 경비들의 당황 어린 고함이 곳곳에서 울려 퍼진다.

이들의 목소리는 조금 전까지만 해도 우뚝 서 있던 건물의 터에서 허무하게 맴돌 뿐이다.

*　　　*　　　*

동양식 목조 건물 한 채가 후이님의 손에 떨어진 대륙―북미― 상공에 나타나서 빠른 속도로 추락한다.

지상 30미터에 갑자기 등장한 것은 일본풍 건물이었다.

허공에 못처럼 박혀 있던 건물이 중력에 의해 아래로 곤두박질친다.

와자작.

추락하는 건물 안으로 뛰어든 현성을 나카무라가 발견한다.

갑작스러운 상황에 정신이 없던 나카무라의 두 눈이 송아지만큼 커졌다.

한쪽의 이노우에 역시 놀라긴 매한가지였다.

탕!

나카무라를 향해 현성은 다짜고짜 방아쇠를 당겼다.

"어! 컥!"

나카무라의 이마에 구멍이 뚫렸다.

"혀, 형님!"

눈앞에서 벌어진 총격에 이노우에는 어이가 없었다.

건물은 계속 아래로 떨어지고, 형은 이마에서 피를 뿌린 채 쓰러졌다.

이 모든 일이 1초도 안 되는 시간에 발생했다.

이노우에가 반응하기도 전에 현성이 재빨리 몸을 날려 그의 관자놀이를 향해 방아쇠를 당겼다.

탕!

총알이 이노우에의 관자놀이를 관통한다.

쿠리야마 가문의 두 형제는 그들이 가진 권력과 능력에 비해 어이없이 목숨을 잃었다.

현성은 다른 이들을 상대하기 위해 문짝을 뚫고 뛰어들었다.

콰지직!

"누, 누구냐?"

"습격이다!"

탕탕탕탕!

갑작스러운 변화에 정신을 못 차리고 있던 자들은 변변한 저항도 못 한 채 과감하고 신속한 암살자에 의해 픽픽 쓰러졌다.

네 명의 사내를 죽인 현성은 곧장 다음 방문을 박차고 뛰어 들었다.

여기까지 고작 3초가 소요됐다.

기둥을 잡고 있는 한 남자와 현성의 눈이 마주친다.

남자는 두 눈이 공포에 질린 채 붕어처럼 입만 뻐끔거렸다.

탕!

현성은 남자의 머리통을 날린 뒤 다른 이들에게 방아쇠를 당겼다.

총알 하나에 목숨 하나씩이 사라졌다.

현성은 앞서와 같은 방식으로 나머지 사람들을 모조리 처단한 뒤 바깥으로 통하는 창문을 부수고 밖으로 몸을 날렸다.

4초 후 건물이 지면과 충돌하여 산산조각 났다.

데굴데굴.

낙법을 통해 충격을 완화한 현성이 먼지를 툭툭 털어내며 건물 잔해 더미를 응시한다.

30미터 높이에서 떨어지는 그 순간에 열여덟 명을 암살하고 추락하는 건물에서 빠져나온 일은 가히 기적이었다.

그럼에도 그는 가벼운 찰과상이 전부였다.

두두두두.

육중한 충돌 소리를 듣게 된 주변의 후이넘들이 사고 현장으로 날듯이 달려온다.

놈들과 부딪쳐 봐야 더 많은 적과 부딪칠 것이기에 현성은 피하는 쪽을 선택했다.

공간 이동 능력이 돌아올 때까지는 되도록 싸우지 않기로 그는 마음먹었다.

'시간 때우기에 적당한 장소를 물색해야겠군.'

현성은 평원을 질주하는 준마처럼 빠른 속도로 사건 현장을 이탈했다.

초특급의 스킬러 나이트다운 움직임이다.

*　　　*　　　*

캐나다의 로키산맥.

산과 초원과 강과 호수와 다양한 동식물이 서식하는 이곳 역시 후이넘의 수중에 떨어진 지 오래다.

그나마 다행인 것은 놈들이 인간이 행했던 자연 파괴 같은 일은 전혀 하지 않는다는 데 있었다.

놈들이 원하는 것은 오직 인간 하나뿐이었다.

대체 인간이 저들에게 무슨 짓을 했기에 인간을 이토록 미워할까.

그 원인은 아직도 인류에게 미스터리로 남아 있다.

물론 고문서를 접한 일부의 사람들은 예외다.

'일가족인가?'

상반신을 둔기로 수십 차례 얻어맞은 것처럼 으스러진 남성의 시체가 보인다.

죽은 남성의 시체에는 조류와 동물에게 뜯긴 흔적도 있었다.

이 남성의 옆에는 부러진 조악한 창 하나가 있다.

그리고 이곳에서 십여 미터 후방에는 이와 유사한 타살 흔적이 있는 여성과 아기가 보였다.

여성의 신체는 많이 훼손되었지만 아기는 그 형태를 온전히 유지하고 있다.

여성의 모성이 죽는 그 순간까지 이 아기를 보호한 것이리라.

일가족으로 보이는 엉망인 시신에서 좀 떨어진 곳에 급히 지어진 듯한 조악한 오두막 한 채가 있었다.

나뭇가지와 천 일부를 덧댄 가벼운 문을 들어 옆으로 놓은 현성은 안으로 들어갔다.

랜턴 하나와 손전등 두 개, 하나의 큰 배낭이 보인다.

좁은 실내 한쪽엔 나뭇잎과 마른풀이 깔려 있고 그 위에 담요가 펼쳐져 있었다.

사람이 눕고 앉은 흔적이 보였다.

끔찍하게 죽은 일가의 살아생전 흔적이었으리라.

높이 1미터 50센티미터에 넓이는 대략 9제곱미터… 3평 남짓이다.

조악한 재료로 만들어진 벽은 틈새가 많아서 밖에서 안을 들여다볼 수 있고, 안에서 밖을 내다볼 수도 있다.

집과 음식을 얻게 된 현성은 그 보답으로 일가족의 시신을 모아 무덤을 만들어주었다.

'한국은 더웠는데 여긴 덥지 않네.'

일가족의 무덤을 만드느라 잠시 흘린 땀이 금세 선선한 바람에 날아간다.

산세와 지형도 한국과는 규모 면에서부터 다르다.

좁은 곳에서 생활하던 사람이 갑자기 넓은 곳에서 생활하면 괴리감이 생기게 마련이다.

무딘 현성 역시 별다르지 않았다.

능력이 회복될 때까지 이곳에서 시간을 보내면 된다.

통조림 하나를 개봉한 현성은 그 안의 음식을 모두 먹은 뒤 수통을 들고 물가를 찾았다.

십여 분을 걸어가자 거울처럼 사물을 비출 정도로 몹시 맑은 개울 하나를 발견할 수 있었다.

개울을 찾은 생물체는 비단 그 하나만이 아니었다.

그는 여우와 순록과 작은 동물들을 이곳에서 볼 수 있었다.

동물을 이처럼 가까이서 보는 일은 현대 한국인들에게 흔한 경험이 아니다.

물론 동물원에 가면 다양한 종류를 볼 수 있긴 하지만 그런 곳은 사람들로 붐빈다.

사람 많은 곳을 체질적으로 싫어하는 터라 현성이 그곳에 갔을 리 만무하다. 그는 야생동물을 오로지 텔레비전과 책으로만 보았었다. 그런데 생생하게 살아 있는 야생동물을 직접 두 눈으로 보니 와 닿는 느낌이 크게 달랐다.

'신기하네.'

수통에 물을 채운 현성은 바위에 걸터앉아 동물들을 구경했다.

그때였다.

평화로운 개울가로 낯선 기척이 몰래 접근하기 시작한 것은.

스윽.

현성이 나무 뒤로 몸을 숨긴다.

은밀하고 빠른 그의 그 움직임은 두 눈으로 직시해도 착시가 아닐까 싶을 만큼 대단했다.

쐐애애애액.

대기를 가르며 날아온 가늘고 짧은 화살 하나가 개울가의 평화를 깨뜨렸다.

단말마의 비명을 지르며 짐승 하나가 개울에 쓰러졌다.

투명한 물은 짐승이 흘린 피로 붉게 물들었다.

놀란 짐승들이 후다닥 달아나자 석궁을 든 남녀 한 쌍이 주변을 경계하며 나타났다.

남자는 나이가 좀 있어 보였고, 여자는 남자보다 어려 보였다.

당연히 둘 다 서양인이다.

북미에서 인간이 박멸(?)됐다는 외신 보도를 접했던 현성은 두 사람의 출현이 솔직히 의외였다.

남자가 개울에서 동물의 사체를 뭍으로 옮겼고, 젊은 여자는 사냥용 석궁을 든 채 사방을 경계했다.

단검을 허리춤에서 꺼낸 남자가 익숙하게 사체를 손질했다.

'사냥꾼인가?'

가죽과 내장을 해체한 남자는 준비한 자루에 뼈와 살코기를 담았다.

남녀는 곧 자신들이 왔던 길을 되짚어 돌아간다.

처음부터 이를 주시하고 있던 현성은 남녀에 대해 관심을 끊었다.

어차피 하루만 머문 뒤 돌아갈 그에게 말도 통하지 않을 서양인과의 교류는 쓸데없는 짓이었다.

적어도 이 소리가 들리기 전까지는 그러했다.

갑자기 사냥에 성공하고 숲으로 들어간 남녀의 당황한 비명이 들린다.

뒤이어 이 비명을 덮을 만큼 큰 괴성…

이 소리는 이제 귀에 익어버린 후이넘의 소리였다.

스킬러 나이트가 아닌 일반인의 경우 후이넘을 만나서 살아남을 확률은 없다.

놈들은 굉장히 날쌔고 민첩하며, 근접 공격뿐 아니라 강력한 원거리 공격도 가능하다.

후이넘의 가장 강력한 무기는 어지간한 무기는 아예 통하지도 않는 강력한 육신과 독을 지닌 유연한 꼬리다.

놈들의 꼬리는 인간의 팔보다 섬세하고 정확하게 자유자재로 움직인다.

속도와 파괴력까지 겸비한 놈들의 화염구도 결코 무시해선 안 될 강력한 무기다.

한낱 석궁 따위로 놈들을 어찌할 수 있단 생각은 버려야 한다.

차라리 그 석궁으로 자신의 목숨을 끊는 게 정신적으로, 그리고 육체적으로 덜 힘들고 고통스러울 것이다.

현성은 원래 이 일에 상관할 생각이 없었다.

오두막을 남긴 일가족의 참혹한 주검이 떠오르지 않았다면 그는 그냥 갔을 것이다.

"역시… 물러진 건가?"

휘익.

소리가 들린 방향으로 현성이 몸을 날린다.

평범한 두 인간이 후이넘을 만나 살아남을 확률은 없다.

그들은 그리 오래 버티지도 못할 것이다.

그러니 이 수고가 맺을 결실이 없을지도 모른다.

그때 서양인 여성이 현성이 달려오는 방향으로 마주 달려오고 있었다.

그녀의 얼굴은 공포에 질려 있었고, 두 눈은 눈물을 쏟아냈다.

그녀의 남성 동료는 보이지 않았다.

현성과 맞닥뜨린 여자가 비명을 지른다.

상대를 확인한 그녀의 두 눈은 짧은 순간 안도와 의문과 다급함으로 가득 찼다.

"가! 달아나!"

여자가 소리쳤다.

영어다.

현성은 대충 그녀가 자신에게 무슨 말을 하는지 알아들을 수 있었다.

'도망가라는 뜻인가?'

여자의 뒤로 후이넘이 보인다.

놈의 다리가 붉게 물들어 있었다.

저 여자의 남성 동료를 짓밟았으리라. 그렇지 않고서야 저 다리는 설명할 수 없다.

공포에 질린 여자가 현성을 향해 달려온다.

그러다 나무뿌리에 걸려 바닥을 뒹군다.

현성은 여자를 향해 마주 달려갔다.

그녀를 위해 손을 내밀고 보듬어 안아주기 위함이 아니다.

현성은 여자의 몸을 뛰어넘었다.

바닥에 착지한 현성의 손아귀에서 신비로운 자색의 광검이 그 위용을 드러낸다.

그의 광검을 본 후이넘이 움찔한다.

놈도 자신이 만난 인간이 앞의 인간과는 다르다는 것을 본능적으로 느꼈다.

하지만 그 깨달음은 이미 죽음을 동반하고 있었다.

서걱.

후이넘이 반응하기도 전에 광검과 함께 날아간 현성이 놈을 스치고 지나간다.

후이넘의 몸통에서 빛이 스며 나온다.

곧이어 놈의 피와 내장이 분출한다.

철퍼덕.

큰 덩치만큼이나 후이넘의 출혈량은 많았고, 내장도 많고 크다.

'아직 더 있군.'

현성은 다른 놈들을 찾아 몸을 날렸다.

그의 모습이 사라지자 그제야 여자가 고개를 돌린다.

상체의 절반이 바닥에 떨어진 채 서 있는 후이넘의 사체를 발견한 여자의 두 눈이 커졌다.

'스, 스킬러 나이트야! 구조대야!'

절망이 가득했던 여자의 두 눈에서 희망의 불꽃이 튄다.

그것은 기도에 대한 응답이었고, 삶을 이어갈 수 있는 길을 찾은 자의 기쁨이었다.

살아 있는 모든 생물은 삶이 어떤 형태로든 이어지길 염원한다.

현성은 처참하게 짓이겨진 남성의 시체를 목도했다.

현장에 있던 다섯 마리의 후이넘이 현성을 본다.

놈들은 새로운 사냥감이 제 발로 찾아온 것에 기뻐했다.

현성과 가까운 위치에 있던 후이넘 하나가 독 꼬리를 날린다.

고무줄처럼 신축성을 가진 후이넘의 꼬리는 세 배가량 더 늘어났다. 놈들의 육신이 강력한 방패라면, 꼬리는 치명적이고 강력한 창이다.

현성은 놈의 꼬리를 세로로 가르고 들어간 뒤 검로를 틀어 잘라 버렸다. 그제야 놈들은 현성이 가볍게 상대할 수 있는 존재가 아님을, 위험한 적임을 알게 됐다.

휘익.

놈들을 향해 몸을 날린 현성은 꼬리가 잘린 놈의 하반신을 갈랐다.

근육질의 단단한 몸뚱이지만 광검에는 취약했다.

칼과 두부의 만남이랄까? 현성의 광검은 별다른 저항도 받지 않고 후이넘의 몸통을 베어냈다.

고통은 후이넘도 마찬가지로 느낀다.

앞으로 쓰러지는 놈의 상체를 다시 절단한 현성은 그 몸뚱이를 박차고 날아올랐다.

허공으로 떠오른 그를 향해 꼬리 다발이 날아든다.

현성은 눈썹 하나 까딱이지 않고 그 꼬리를 모조리 잘라낸 뒤 그중 하나를 움켜잡고 놈들을 향해 날아갔다.

이런 식의 싸움에 그는 익숙했고, 또 어떻게 하면 놈들을 재빨리 제거할 수 있는지도 안다.

몇 마리의 후이넘 정도는 식후 간식거리도 안 되는 놈들이다.

선우현성이란 이 남자에게는.

끄아아아악!

커어억!

털썩, 털썩, 철푸덕.

현성이 지면에 발을 딛자 후이넘이 썩은 고목처럼 쓰러진다.

우우우우웅.

현성을 대신하여 그의 광검이 승리의 함성을 터뜨리며 안개처럼 사라졌다.

인기척을 향해 몸을 돌린 현성은 얼어붙은 듯 서 있는 서양여자를 볼 수 있었다.

"신이여… 감사합니다!"

눈물과 함께 그녀는 그녀가 믿는 신을 향해 감사를 전한다.

*   *   *

현성이 구출한 여자의 이름은 에스더로, 그 이름의 뜻은 별과 행운이다. 성경 에스더서의 주인공 이름이기도 하다.

에스더는 자신의 이름이 품고 있는 뜻처럼 행운을 만났다.

"드세요."

에스더가 현성에게 따뜻한 차를 권한다.

로키산맥으로 피신한 일단의 피난민들 역시 현성을 바라봤다. 이들은 여행객들이 머무는 작은 산장 하나에 모여 살고 있었다. 남녀노소를 합쳐 열세 명이다.

그중 두 명은 죽은 파울이란 남자의 아내와, 아빠의 죽음을 받아들이기에는 너무 어린 그의 아들이었다.

칭얼거리는 아들을 끌어안은 여자의 얼굴은 슬픔으로 가득했다.

"이름이 어떻게 되세요?"

에스더가 모두를 대표해서 그에게 여러 가지 질문을 한다.

현성은 그녀의 말을 알아듣지 못한다.

당연하다. 그는 영어 공부를 해본 적이 없으니까.

물론 지금처럼 간단한 질문은 귀에 익은 단어를 통해 알 수 있었다.

"선우."

현성은 자신의 성만 가르쳐 주었다.

에스더는 그가 말문을 열자 크게 기뻐했다.

다른 이들 역시 기대감을 갖는다.

앞서 에스더는 사람들에게 자신들을 구출하기 위해 정부에서 스킬러 나이트를 파견했다고 들뜬 목소리로 말한 바 있었다.

사람들의 환호성이 아직도 그녀의 귓가에 생생하다.

그런데 구조대원이라 생각한 그가 내내 입을 다물고 있자 그녀는 서서히 정부가 보낸 구조대가 아닐지도 모른다는 생각을 하기에 이르렀다.

하지만 상대가 후이넘 몇 마리를 손바닥 뒤집듯 손쉽게 해치운 노련하고 강력한 스킬러 나이트라는 사실을 알기에 실망감보단 여전히 기대와 희망을 품고 있었다.

언제 어떻게 죽을지 모를 이 지옥과 같은 사지에서 평화의 땅으로 안내해 줄 유일한 구원의 동아줄이 되어주리라 믿어 의심치 않았다.

"당신은 어느 나라 사람인가요? 일본인? 중국인? 한국인? 다른 동료들은 있나요? 캐나다 정부는 지금 어디에 있나요? 미국은 안전한가요?"

에스더의 질문이 그를 배려하여 느리게 반복된다.

모두가 그의 대답에 귀를 기울인다.

현성은 몇 개의 단어를 통해 그녀가 자신에게 무엇을 묻고자 하는지 알 수 있었지만 대답하지 않았다.

그의 침묵은 사람들을 답답하게 만들었다.

"에스더, 그는 영어를 못하는 것 같아."

한 여자가 현성을 힐끔 쳐다보며 에스더에게 말했다.

"그런 것 같네요, 캐서린."

"그가 정말 강한 스킬러 나이트가 맞아?"

"제 눈으로 똑똑히 봤어요."

"보니까 그에겐 이렇다 할 통신 장비가 없어. 혹시 무법자가 아닐까? 소문에 제멋대로 행동하는 스킬러 나이트들이 있다고 하잖아."

캐서린이 우려를 드러내자 현성에게 호의를 보이던 사람들의 표정이 어두워진다. 만약 그가 무법자라면 여기 있는 사람들의 안위가 위험해진다.

에스더가 단호한 표정을 짓는다.

"그가 흉악한 무법자였다면 저렇게 얌전하게 행동하지 않았을 거예요, 캐서린."

"그렇긴 해. 휴우, 무슨 말이라도 그에게서 들었으면 좋겠어. 한 달 가까이 외부와의 연락이 전혀 되지 않고 있잖아."

고립된 사람들이라면 누구나 갖고 있는 불안감이다.

이 같은 불안감을 모두가 갖고 있었지만 사람들은 애써 이를 외면하며 긍정적인 마음을 가지려 애썼다.

부정적인 감정에 휩쓸리면 자신은 물론 주변 사람들에게까지 피해를 입히기에.

"캐서린, 용기를 가져요. 우리의 시간은 아직 멈추지 않았어요."

"미안해, 에스더. 내가 또 약한 소릴 해버렸네."

"괜찮아요. 제가 낙담했을 때 당신이 절 위로해 주었잖아요. 전 그 고마움을 아직 잊지 못하고 있어요. 일단 그가 쉴 곳을 마련해야 할 것 같아요. 그는 위험한 싸움을 한 뒤니까요."

"2층에 방을 준비할게."

"고마워요, 캐서린."

"고맙긴. 그는 여기 있는 우리의 희망이잖아."

현성을 향한 캐서린의 두 눈이 별빛처럼 빛난다.

그것은 캄캄한 어둠 속에서 한줄기 빛을 발견하여 뛰어가는 자의 절박한 심정이다.

사람들의 시선을 뒤로하고 방으로 올라온 현성은 딱딱한 침상에 누웠다.

잠은 오지 않고, 허전하고 복잡한 속내가 자꾸만 무언가를 게워낸다.

그때 통기타 소리에 맞춰 한 남성의 노랫소리가 아래층에서 들려왔다.

John Lennon의 Grow Old With me.

나와 함께 늙어갑시다. 가장 좋은 건 아직 오지 않았답니다. 그때가 오게 되면 우린 하나가 될 거예요. 신이시여, 우리의 사랑을 축복하소서. 나와 함께 늙어갑시다, 한 나무의 가지처럼 떠오르는 태양과 얼굴을 맞대고. 만약 그날이 끝나 버린다면 신이

시여, 우리의 사랑을 축복하소서. 우리 삶을 항상 함께 보내고 남편과 아내 둘이서 말이에요. 끝없는 세상을 살아갑시다. 나와 함께 늙어갑시다. 운명이 우리 둘을 갈라놓는다 해도 우리는 처음부터 끝까지 쭉 지켜볼 거예요. 우리의 사랑이 진실 되기 위해서라면. 신이시여, 우리의 사랑을 축복하소서.

이 노래의 가사를 현성은 알아듣지 못했다.

다만 노래하는 이의 음성과 감성, 그리고 한 여인의 흐느낌이 묘한 조화를 이루어서 그의 마음을 애잔하게 물들였다.

언어는 다르지만 그 속에 담긴 진심은 사랑하는 사람들과의 일상과 평화를 바라는 마음이다.

그 마음이 어찌 동양인과 서양인이라고 해서 다르겠는가.

뭉클해진 현성의 망막으로 여러 사람의 얼굴이 맺혔다가 스러진다.

슬픔이 잔잔하게 흐르는 이국의 첫날 밤이 그렇게 깊어간다.

*　　　*　　　*

"민연 언니, 캡틴 또 외박이야?"

막대 아이스크림을 손에 쥔 희연이 정원에 나와 있는 민연을 보며 묻는다.

"일이 있어. 요즘 일이 많나 봐."

"특본에서 벌어지는 일이야 뻔한데."

희연이 두 눈을 게슴츠레 뜬다.

민연은 그녀의 눈이 바늘처럼 보였다.

"휴우, 묻고 싶은 게 뭐니?"

"캡틴, 바람난 거 아니… 겠지? 아! 농담이야. 농담. 헤헤."

"그런 성격 아니잖아."

"알지. 아니까 더 걱정되는 거지."

"고마워, 걱정해 줘서."

"쳇, 우리가 남인가."

살짝 삐진 투로 희연이 말하자 민연이 미안한 표정으로 대답한다.

"앗, 미안."

"언니도 걱정되겠다."

"난 그를 믿어."

"그래도 남자는 요물인데."

민연의 기분을 풀어주기 위해 희연이 익살을 떤다.

"아연이는 오늘 야근?"

"어, 그런데 요즘 특본 분위기가 예전 같지 않던데. 김 부장님과 리 부장님의 알력일까?"

심정적으로 김용수 부장보단 리경수 부장에게 더 기우는 희연과 민연이다.

특작대 자체가 현성의 친위대 같은 성격을 띠고 있다 보니 그럴 수밖에 없었다.

어쩔 수 없이 유오찬과 한배를 타고 있지만 사실 희연은 그를 못마땅하게 여기고 있었다.

민연 역시 오찬에 대한 선입견을 갖고 있기는 매한가지다.

"우리가 간섭할 문제가 아니야. 우리까지 나서면 오히려 현성 씨가 더 불편해질 거야."

"알아. 그 때문에 얌전하게 양쪽의 눈치만 보고 있잖아. 하지만 심정적으로 난 리 부장님 편이야. 그쪽도 우릴 잘 대해주니까."

이리 말하며 희연이 맞은편 집을 향해 시선을 던진다.

그녀가 바라보는 집은 이 집 사람들의 안전을 위해 파견된 특작대 대원들이 머무는 곳이다.

민연은 말을 아낀다.

"참, 아저씨는 어디 갔어? 선화 언니 말로는 아침 일찍 나가셨다고 하던데?"

"산행 가셨어."

"요즘 산행이 잦으시네."

"정호 아저씨가 없으니까… 많이 외로우신가 봐."

정호의 이름이 언급되자 희연의 표정이 어두워진다.

"그래도 민호가 힘을 찾아서 다행이야."

"대단한 아이지, 민호."

"우리 눈치 보는 거겠지."

두 사람은 씁쓸함을 느꼈다.

"희연아, 간만에 외식이나 할까? 선화도 집안일에 얽매여서

외출 한번 제대로 못 했잖아. 민호 기분도 풀어줄 겸. 어때?"

"나야 콜. 들어가서 물어볼게."

"그래."

희연이 집 안으로 들어가자 민연이 다시 주머니의 휴대폰을 만지작거리며 근심을 드러냈다.

'연락이나 좀 해주지.'

그녀가 어찌 알랴, 현성이 지금 로키산맥 어느 산장에 있음을.

*   *   *

밤안개에 몸을 실은 흉포한 짐승들이 호젓한 산장을 향해 서서히 접근하고 있었다.

하지만 산장의 사람들은 불안에 떨던 다른 날과 달리 오늘 밤은 대자연의 신비로운 장관을 눈에 담았다.

불침번을 정해 몇몇의 사람들이 밤의 경계자가 되어 사람들의 안전을 돌본다.

사실상 이들이 할 수 있는 일이란 무방비 상태의 사람들을 최대한 조용히 깨워 달아나는 게 고작이다.

소극적이지 않느냐고 말하지 마라.

강력한 화력을 자랑하던 군대조차 후이넘의 상대가 되지 못하는 마당에 어찌 이들이 그들에게 대항하겠는가.

타닥타닥.

"짐, 선우란 동양인은 어떻게 이곳까지 온 걸까? 내가 보기에 그에겐 임무도, 동료도 없는 것 같아. 복장을 봐도 정부 소속 같지도 않아 보이고."

"무법자가 아닌 건 확실해요. 그가 무법자였다면 벌써 일을 내지 않았겠어요, 테이슨?"

짐이 말했지만 테이슨은 여전히 그 마음속에서 현성에 대한 의심을 지우지 못했다.

테이슨은 최근까지, 최근이라고 해 봐야 한 달 전이지만 외부와 무선 교신을 했었다.

그래 봐야 자신들과 별다를 바 없는 처지의 사람들이긴 했지만 그들을 통해서 그는 몇 가지 정보를 얻었다.

그 정보 중 하나가 바로 무법자에 관한 끔찍한 내용이었다.

그들은 남자에게선 노동력을 빼앗고, 여자에게선 정조를 뺏는다고 했다.

그것도 몹시 가혹하게.

이러니 생존자들 입장에서는 후이넘만큼이나 인간도 겁내야 할 상황이다.

이렇다 보니 현성을 향한 남자들의 시선에 드리운 경계심이 쉬이 가시지 않는다.

"여자들이 그에게 의지하려는 것 봤지? 짐."

"인간은 원래 자신보다 강한 자에게 의지하려는 습성이 있잖아요. 여자들의 태도를 지적할 건 아니라고 봐요."

"젠장, 넌 매사에 너무 긍정적이야."

테이슨의 볼멘소리에 짐은 부드러운 표정으로 이를 받아넘긴다.

그때, 테이슨의 낯빛이 굳어진다.

"테이슨, 왜 그래요?"

"쉿, 저기 봐."

짐은 테이슨이 바라보는 곳으로 시선을 주었다.

동양인이 묵고 있는 바로 그 방 창문이다.

누구라도 자신의 뒷 담화를 좋아할 사람은 없다.

짐은 테이슨과 자신이 나눈 이야기를 그가 나쁜 쪽으로 받아들이면 어쩌나 싶어 걱정한다.

이를 눈치챈 것일까.

테이슨이 고생을 사서 한다는 투로 지적한다.

"짐, 그는 영어를 몰라."

"아, 그렇죠. 그런데 그는 왜 안 자고 저리 서 있는 걸까요?"

"동료와 연락하는 건… 아니겠지."

"아직도 그를 의심하고 있어요?"

"사람이 너무 물러도 좋지 않아, 짐. 그리 살다간 언제 어느 때 뒤통수 맞을지 몰라."

테이슨의 따끔한 조언에 짐은 쓴웃음을 짓는다.

"스킬러 나이트인 저 사람이 우리 뒤통수를 노릴 이유는 없잖아요."

"잠깐, 저 동양인이 창밖으로 상체를 내미네."

테이슨이 긴장한 어조로 말하며 대화를 끊는다.

두 사람은 자리에서 일어나 현성의 행동을 유심히 살펴보았다. 현성은 두 사람의 관심을 느꼈지만 이에 신경 쓰지 않았다. 그는 지금 밤공기를 타고 날아드는 음습하고 칙칙하며 위험한 느낌의 윤곽을 잡아내기에도 바빴다.

'이곳으로 온다!'

한쪽 눈꼬리를 꿈틀거린 현성은 2층 창문 밖으로 몸을 날렸다. 이를 본 테이슨과 짐이 헛바람을 지르다 급히 삼킨다.

현성이 지척에 내려와서 자신들을 빤히 응시하고 있었기 때문이다.

"짐, 저 사람 우리말 알아들은 거 아닐까?"

위축된 테이슨의 말에 짐은 고개를 내저었다.

짐의 눈에 비친 현성은 아무리 뜯어봐도 자신들에게 화내고 있지 않았다.

그리고 그의 시선이 향한 곳은 처음부터 다른 한곳이었다.

불길한 생각이 짐을 번쩍 때린다.

"테이슨, 그가 나쁜 기운을 느낀 것 같아요."

"짐, 그게 무슨 말이야? 나쁜 기운이라니."

"저 사람은 특별하잖아요. 우리처럼 평범한 사람들이 느낄 수 없는 부분까지 감지할 수 있지 않겠어요?"

그제야 정신이 번쩍 든 테이슨도 현성을 유심히 살펴본다.

짐의 우려를 들었기 때문일까? 테이슨의 눈에도 동양인 남자의 태도가 심상치 않게 보였다.

현성이 두 사람을 돌아본다.

그러곤 눈살을 가볍게 찌푸린다.

저들에게 경고를 해주고 싶은데 이를 알릴 방법이 없었다.

현성은 일단 모닥불을 껐다.

갑작스러운 그의 행동에 테이슨과 짐은 그의 저의를 의심하기보다 자신들의 우려가 맞아떨어졌다는 것을 직감했다.

"짐, 사람들을 깨울게."

"그러세요."

허둥지둥 집 안으로 들어가는 테이슨을 일별한 현성은 그가 자신이 원하는 바를 알아차렸다는 것을 짐작할 수 있었다.

"선우, 적입니까?"

잔뜩 굳은 짐의 표정과 불안한 그 눈빛을 통해서 현성은 그가 자신에게 무엇을 묻고 있는지 눈치챘다.

"예."

현성은 한국말로 대답했다.

짐은 현성이 자신의 질문을 육감으로 느껴서 대답한 것이라 여겼다.

그리고 그의 '예'라는 대꾸가 '예스'라는 것 역시 현성이 그랬던 것처럼 육감으로 알 수 있었다.

집 안에서 작은 소동이 벌어졌다.

제49장

대공황

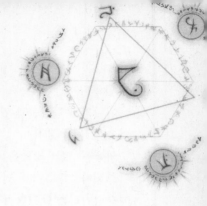

조화로운 자연의 소리가 인위적인 억압에 의해 침묵한다.

대기 속에 녹아든 숲의 향기는 악취에 몰려 사라진다.

하나, 둘, 셋, 넷… 작은 발소리가 모여 군대의 행군처럼 거대해진다.

그것은 적의를 담고 있었고 살의를 표출하고 있었다.

흉포하고 위험한 적들의 하얀 눈이 크고 둥근 달빛을 받아 섬뜩한 빛을 뿜는다.

'R이 왜 여기에?'

열세 명의 외국인과 현성은 산장의 모든 출입구를 봉쇄한 뒤 그 안에 몸을 숨긴 채 밖을 주시하고 있었다.

상황 인식을 하지 못하는 어린아이는 그 어미가 보듬어 안아 달랜다.

어미의 불안감을 느낀 아이는 오히려 더 징징거리며 사람들의 신경을 긁었다.

싸울 수 있는 자들은 저마다 손에 무기를 들었다.

그러나 그 무기가 인간에겐 위협적일지 몰라도 저 밖에서 어슬렁거리는 돌연변이 생명체에겐 무용지물이다.

오히려 저들의 화만 잔뜩 돋울 뿐이다.

현성은 사람들의 표정을 안 보는 척하면서 살폈다.

낯설고 위험하며 흉측한 생명체를 대할 때면 보통의 경우 의문과 긴장과 두려움이 혼재된 당혹감을 보인다.

하지만 사람들의 표정에는 익숙한 것에 대한 공포감만 보일 뿐 낯선 것에 대한 의문은 보이지 않았다.

그렇다면 저들은 어떻게 저 R의 손아귀에서 벗어날 수 있었을까.

저들의 빈곤한 무장 상태를 볼 때 전원이 덤벼도 저 돌연변이 생명체 하나조차 상대할 수 없었을 텐데.

'희생을 통한 생존인가?'

이게 무엇이 중요할까.

R들은 당장 산장 안으로 진입할 생각이 없는 듯했다.

지나친 생각인지 모르겠으나 놈들의 태도는 마치 먹잇감의 사전 분배를 위한 토의를 벌이는 것 같았다.

산장을 포위한 R의 숫자는 수백.

놈들이 자신만 노린다면 당장 나가서 모조리 쓸어버릴 텐데.

그런 확신이 없다 보니 현성은 새장 안에 갇힌 새처럼 마음 껏 활동할 수 없었다.

"우린 끝장이야. 놈들의 수가 너무 많아."

절망에 빠진 테이슨이 이처럼 말하자 모두가 침중한 안색으 로 두려움을 억누른다.

"테이슨 씨, 우린 아직 살아 있어요. 포기하기에는 일러요."

무기력과 불안감을 조장하는 테이슨의 태도를 에스더가 낮 은 목소리로 지적한다.

에스더라고 어찌 무섭지 않겠는가.

현성은 에스더가 쥔 석궁의 떨림을 볼 수 있었다.

그녀의 숨소리가 점점 거칠어지는 것 역시.

"저놈들은 후이넘과 달라. 인간을… 잡아먹어. 우리 모두."

"테이슨, 그만하세요."

보다 못한 짐이 테이슨의 어깨를 움켜잡고 만류한다.

이 무리의 연장자 한스 노인도 테이슨을 다독인다.

"테이슨, 진정하게. 다른 사람들 기분도 생각해 주게."

벽에 등을 기댄 테이슨이 주르르 미끄러져 주저앉는다.

그에게선 싸울 의욕도 희망도 없어 보였다.

그는 자신의 자유와 평화를 누군가가 선물해 주기만을 바라 고 있었다.

"그런데 저놈들이 왜 공격하지 않고 있는 걸까요?"

분위기를 전환시키기 위해서, 그리고 그 자신의 의문도 담 아서 짐이 말했다.

에스더와 한스 역시 그제야 이 사실에 주목했다.

사람들이 경험한 R은 잔인하고 호전적이기만 하지 저처럼 신중한 괴물들이 결코 아니었다.

짐이 현성을 눈짓으로 가리키며 말한다.

"혹시 저 사람이 이곳에 있어서 그런 게 아닐까요? 놈들을 그가 먼저 감지했듯이 저놈들도 스킬러 나이트인 그를 감지해서 신중을 기하는 것일 수도 있어요."

짐의 의견에는 설득력이 있었다.

놈들에 대해 경험이 없었다면 억지라고 생각했겠지만 이들은 적게는 한 번, 많게는 서너 번씩 R과 조우한 경험을 갖고 있었다. 물론 그 경험은 몹시 끔찍한 기억으로 이들의 뇌리에 깊숙이 박혀 있다.

"그와 말이 통하면 좋을 텐데. 말이 통하지 않으니 답답하네요."

현성이 그랬듯이 이들도 현성의 태도를 통해 그가 R에 대해 알고 있음을 눈치챌 수 있었다.

이처럼 눈치를 통해 서로의 상황을 대충 짐작했지만 세부적인 내용은 나눌 수가 없었다.

이 점이 사람들의 가장 큰 고충이자 답답함이었다.

나직한 한숨과 함께 에스더가 말하자 짐과 한스도 그녀의 말에 동의하며 고개를 끄덕였다.

"말이 통하지 않지만 그래도 그가 있어 다행이지. 그가 없었다면 우린 끔찍한 절망에 몸부림치다가 죽어갔을 테니까."

한스 노인의 말에 모두가 고개를 끄덕였다.

"당장의 공격은 없더라도 이 상태가 지속돼도 위험하긴 매한가지죠."

짐이 고개를 떨어뜨리며 말하자 에스더가 그 말을 받아서 말했다.

"저 사람의 스킬러 고유의 능력은 뭘까요?"

"이런 곳에 혼자 뚝 떨어진 것으로 봐선… 공간 이동 스킬러가 아닐까?"

주저앉아 머리를 쥐어뜯던 테이슨이 고개를 발딱 쳐들며 말했다.

이런 그의 얼굴에서 희망이 환하게 빛나고 있었다.

그 빛은 강력한 힘으로 사람들 사이에 퍼져 나갔다.

달라진 사람들의 눈빛을 느낀 현성은 내심 의문이 들었지만 그들의 변화는 그리 중요하지 않았다.

아니, 조금은 다행이라 여겼다.

지나친 흥분과 두려움은 때로 손쓸 수 없는 사건 사고를 야기한다.

그런 점에서 저들의 대화는 긍정적인 측면으로 작용한 듯했다. 오간 내용은 알 수 없었지만.

'저놈들, 기회를 엿보는 것인가? 아니면 누군가를 기다리는 것인가?'

놈들에게서 당장 쳐들어올 것 같은 기미는 포착되지 않았다.

능력이 회복될 때까지 놈들이 지금처럼만 기다려 준다면 싸움 없이 이 상황을 안전하게 끝낼 수 있다.

현성은 내심 그리되기를 바랐다.

그에게는 저들과의 싸움이 단순히 귀찮은 일에 불과하지만 이곳에 있는 사람들에겐 생명이 달린 극단적인 문제다.

따뜻한 잠자리와 집과 음식과 좋은 음악을 들려준 데 대한 보답을 하고 싶었기에 현성은 저 사람들의 희생을 막고자 했다.

하지만 그가 아무리 날고 기는 재주를 가졌더라도 모든 사람을 안전하게 보호할 수는 없었다.

*　　　　*　　　　*

포위 세 시간째, 날이 밝았다.

위기의 상황에도 배는 고픈 법.

여자들이 음식을 공평하게 그릇에 나누어 담아 사람들에게 가져다준다.

풍족한 양은 아니다. 허기만 면할 정도다.

식기를 받아 든 사람들의 표정이 야릇하다.

지금 이 식사가 살아생전 마지막 식사일 수도 있기에.

아들 매튜를 품에 안은 그레이스가 창가에 선 채 식사 중인 현성에게 다가왔다.

그레이스는 에스더와 함께 사냥을 나갔다가 후이넘을 만나 비명횡사한 파울의 아내로, 어젯밤 음악 소리에 간간이 섞인 흐느낌의 주인공이기도 했다.

"선우 씨, 부탁이 있어요."

식사를 멈춘 사람들은 불편한 표정과 복잡한 심경으로 남녀를 주시했다.

모두가 현성의 스킬러 고유 능력이 공간 이동일지도 모른다는 생각을 하고 있었다.

이는 절망에서 희망으로 사람들을 건져 올렸다.

문제는 그가 몇 명까지 이동시킬 수 있느냐다.

여기 있는 그 누구도 그가 전원을 이동시킬 수 있을 것이라고는 여기지 않았다.

만약 그가 전원을 이동시킬 수 있음을 알게 된다면 서로를 대하는 사람들의 태도는 달라졌으리라.

현성은 말없이 그레이스의 얼굴만 빤히 응시했다.

"제 아들을 살려주세요. 당신만이 제 아들을 이곳에서 안전하게 살릴 수 있어요. 부탁입니다. 제 아들이 자신의 인생을 살아갈 수 있도록 도와주세요."

아들만이라도 살려보려는 어머니의 심정에 사람들은 마음이 묵직해졌다.

그래서 그녀의 행동을 막아서지 않았다.

아기를 내미는 그레이스의 표정에서 현성은 그녀의 의도를 알아차렸다.

'말이 안 통하니까 답답하군.'

"그레이스, 그는 당신의 말을 알아듣지 못해. 괜히 힘 빼지 말고 이리 와."

테이슨이 한마디 하자 그레이스는 격앙된 표정으로 그를 보았다.

"테이슨, 당신이 무슨 생각을 하는지 알아요. 내가 염치없는 여자라고 생각하겠죠."

"난 그런 생각한 적 없어. 파울을 생각하면 나도 매튜가 살길 바라고 있어. 이건 진심이야."

"미, 미안해요, 테이슨. 내 마음이 너무 급해서… 흑흑."

에스더와 캐서린이 다가와 그레이스를 안아주며 위로한다.

"그레이스, 걱정하지 말아요. 만약 내게 살 수 있는 기회가 있다면 그 기회를 당신에게 줄게요. 매튜에겐 그레이스가 필요하잖아요."

"에, 에스더."

"저도 그레이스와 매튜가 살길 바라요."

"캐서린."

"자, 식사하세요, 그레이스."

"모두 고마워요."

그레이스를 잠시 바라보던 현성은 곧 시선을 밖으로 던졌다.

현성을 흘끔거리던 사람들이 모여 앉았다.

한스 노인이 모인 사람들을 쭉 둘러본 뒤 말한다.

"난 살 만큼 살았어. 그러니까 기회는 젊은 당신들이 갖도록 해."

"한스 씨."

사람들은 누가 떠날 것인지, 누가 남을 것인지를 진지하게

상의했다.

"그런데 그는 몇 명까지 가능할까요?"

"그러게. 그걸 알아야 뭘 정하든 할 텐데."

다들 곤란한 표정으로 서로의 눈치를 보자 안나가 말했다.

"손잡은 사람만 이동이 가능하다고 들었어요."

"……!"

"…음."

"두, 두 명이란 말이야?"

매튜는 살려 보내자는 쪽으로 모두의 의견이 모아진 상태
다.

한스는 포기했으니 남은 사람은 열한 명.

짐이 안나를 보며 묻는다.

"안나, 확실한 정보야?"

"친구 오빠 중에 공간 이동 스킬러가 있어요."

혹시나 싶은 마음에 물어보았던 짐과 기대를 가졌던 사람들
은 안나의 대답에 크게 낙담했다.

한스를 제외한 사람들이 서로의 눈치를 살핀다.

남겨진 자는 필히 죽는다.

그것도 잡아먹힌다.

이러니 남는다는 말을 쉽게 할 수 없었다.

사람들이 모여 있는 곳으로 시선을 던진 현성은 그들이 이
곳을 탈출할 방법을 계획하는 게 아닐까 싶어 걱정스러웠다.

밖의 상황으로 봐선 산장을 나서는 순간 목숨을 잃을 것이다.

더불어 피를 본 놈들이 산장을 공격할 수도 있었다.

'말이 안 통하니 참 답답하네.'

기다리면 모두가 살 수 있다는 말을 해줄 수 있다면 좋을 텐데.

침묵이 길어진다.

의논하는 사람들의 뜻이 극단적인 방법으로 기우는 게 아닐까 싶어 현성은 조바심이 생겼다.

"에스더."

현성이 에스더를 불렀다.

그의 갑작스러운 호출에 에스더를 비롯해 모두가 깜짝 놀라서 그를 보았다.

긴장한 사람들의 표정에서 현성은 그들이 무언가를 단단히 오해하고 있음을 깨달았다.

역시 언어 장벽이 문제다.

우르르.

초조한 심정으로 창가로 몰려든 사람들이 긴장한 얼굴로 밖의 상황을 살핀다.

잔뜩 굳어 있던 사람들의 표정이 약속한 듯 풀렸다.

놈들의 포위는 여전했지만 당장 산장으로 쳐들어올 기미는 없었기 때문이다.

다들 어리둥절한 표정으로 현성을 돌아보았다.

사람들의 시선을 의식한 현성은 에스더의 손목을 잡고 방 안으로 들어가려 했다.

느닷없는 그의 행동은 사람들을 놀라게 만들었다.

'뭐지? 이 상황은……'

'그가 에스더에게 음심을!'

'이… 파렴치한 놈.'

사람들이 하나같이 분한 표정을 띤다.

하지만 그 감정을 표출하는 사람들은 없었다.

현성에게 의지하지 않고서는 살아 돌아갈 수 없다는 생각이 지배적이다 보니 그들로서는 불의를 보고도 눈을 감을 수밖에 없었다.

사람들의 단단한 오해를 뒤로하고 방 안으로 들어간 현성은 에스더의 오해까지 받았다.

스스로 옷을 벗는 에스더의 예기치 않은 행동에 잠깐 당황한 현성은 그녀의 오해를 몸짓으로 겨우 풀어준 뒤 그녀를 자리에 앉혔다.

종이와 펜을 방 안에서 찾아낸 현성이 조악하지만 그림을 통하여 언어의 장벽을 돌파한다.

'저 밖의 사람들도 오해할 수 있겠군.'

내심 나직이 한숨을 불어낸 현성은 자신의 그림을 뚫어져라 응시하는 에스더의 동향을 살폈다.

현성은 종이에다 큰 원을 그린 뒤 원 안에 자신을 비롯해서 열세 명의 사람을 그렸다.

그리고 이와 같은 그림을 다른 종이에 다시 한 번 그려 넣었다. 두 장의 같은 그림과 동양인 남자의 잇따른 손짓을 통해서 에스더는 그가 무슨 말을 하려는 건지 깨달을 수 있었다.

"당신, 공간 이동 스킬러가 맞군요!"

에스더의 두 눈이 희망의 빛으로 물들었다.

그림은 산장의 모든 사람을 포함하고 있었다.

우울하고 슬픈 결정을 내리지 않아도 된다.

와락.

에스더가 현성을 껴안는다.

벌컥.

그때, 짐이 방문을 발로 뻥 차며 뛰어들었다.

남녀가 서로 껴안은 것을 목격한 짐이 버럭 소리치며 현성을 향해 달려들었다.

하지만 짐은 현성을 공격하지 못했다.

그의 허리를 뒤에서 누군가 끌어안고 놓아주지 않았기 때문이다.

"짐, 안 돼요! 그의 화를 돋우지 마세요. 제발!"

그레이스였다.

"그레이스, 하지만 에스더가……."

"미안해요, 짐. 미안해, 에스더. 하지만 난 매튜를 이곳에서 죽게 할 수 없어. 제발 저 동양인을 화나게 하지 말아줘. 흑흑."

문가엔 어느새 산장의 사람들이 침통한 기색으로 모여 있었다. 에스더는 자신이 현성을 오해했듯이 사람들도 그를 오해했음을 깨달았다.

포옹을 푼 에스더는 현성이 그린 두 개의 그림을 가지고 사람들에게 달려가 전후 사정을 설명했다.

그제야 사람들의 표정이 풀어진다.

사람들은 자신들을 빤히 쳐다보는 현성의 눈길을 피하며 '미안하다' 는 말을 연발했다.

현성은 사람들의 오해를 받았지만 이를 전혀 개의치 않았다.

오히려 그들의 정의로운 태도가 마음에 들었다.

가장 큰 고민거리가 해결된 사람들의 표정은 밝아졌다.

저 밖의 괴물들만 지금처럼 얌전히 있어준다면 지옥 같은 시간과도 안녕이다.

째깍째깍.

*   *   *

R의 포위망에 변화가 발생했다.

그것은 저 바깥쪽에서부터 시작됐다.

놈들의 술렁거림과 변화는 이를 주의 깊게 감시하던 현성과 에스더에게 곧장 포착됐다.

"놈들의 동태가 수상쩍어요."

에스더가 현성을 돌아보며 긴장된 표정으로 말한다.

"에스더, 뭐가 수상쩍어?"

현성을 힐끔 쳐다보며 다가온 짐이 에스더에게 물었다.

사람들의 시선이 하나둘 이들을 향해 모여든다.

몇몇은 다른 창문을 통해 밖을 보기도 했다.

밖의 상황을 살핀 이들의 표정 역시 굳어진다.

"기분 나쁜 분위기네."

짐이 한마디 한다.

"좋지 않은 느낌이군."

한스 노인 역시 침통한 기색으로 말한다.

몇 시간만 더 버티면 살 수 있다.

다들 기대에 찬 마음으로 무사히 그 시간이 오기만을 기도했었다.

사람들은 서로의 손을 잡고, 팔을 잡고, 포옹하며 떨리는 몸을 주체하려 애썼다.

불안에 떠는 사람들을 뒤로한 현성은 현관으로 향했다.

현성은 사람들이 현관에 집기를 쌓아두려는 것을 막았었다.

놈들이 작정하면 산장은 순식간에 뚫릴 텐데 그게 다 무슨 소용이겠는가.

다행히 그의 뜻을 아무도 거스르지 않았다.

현성이 밖으로 나가려 하자 모두가 화들짝 놀라 그를 향해 몰려들었다.

"선우, 무슨 짓이에요."

에스더가 모두를 대표해서 말하며 그의 팔을 붙잡았다.

적의 살기가 기세등등해졌다.

방만했던 태도가 바뀌었다.

그것이 무엇을 의미하겠는가.

현성도 알고, 사람들도 알고 있었다.

자신들이 절망적인 전쟁터에 내동댕이쳐질 것임을.

에스더의 손을 푼 현성이 사람들을 일별한 뒤 한국어로 말한다.

"선제공격으로 원인을 제거할 생각입니다."

그들이 자신의 말을 알아듣지 못하더라도 상관없다.

아무 말 없이 나가는 것보단 이렇게라도 말해놓으면 그들의 마음이 좀 더 편하지 않을까 싶었다.

"답답하네. 선우가 무슨 말을 하는 것 같아?"

바싹 마른 제 입술을 혀로 훔치며 테이슨이 사람들을 돌아보고 말해보지만 속 시원한 대답을 듣지 못한다.

자신의 할 도리를 다했다고 생각한 현성이 현관문을 열었다.

사람들이 크게 놀라 뒷걸음질 친다.

탁.

산장에서 현성이 제 발로 걸어 나오자 R들이 흉성을 터뜨렸다. 그러나 현성의 미간을 찌푸리게 만든 것은 그 흉성보다 놈들에게서 흘러나오는 악취였다.

놈들 중 일부가 현성을 향해 달려들었다.

창가로 달려간 사람들은 이 모습에 발을 동동 구른다.

후이넘 몇 마리를 가볍게 상대하는 스킬러 나이트라곤 하지만 산장을 포위한 놈들은 그 숫자가 세 자리는 되어 보였다.

아무리 강력한 힘을 지닌 젊은 수사자라도 하이에나 무리와 마주치면 우선은 도주하거나, 상황이 여의치 않으면 위협을 해서 공격하지 못하도록 한다.

'끝장이야!'

'여기서 죽는 건가.'

사람들의 뇌리로 자신의 삶이 주마등처럼 스쳐 지나간다.

눈물과 체념과 괴로움이 사람들의 마음에서 흘러나온다.

츄아아아앙!

신비로운 자색의 광검이 현성의 손아귀에서 튀어나온다.

현성을 향해 몸을 날린 R의 몸뚱이가 순식간에 분리되어 하늘로 튀어 올랐다.

그 조각들이 땅에 떨어지기도 전에 현성은 새로운 타깃을 향해 몸을 날리고, 광검을 휘두른다.

번쩍, 스걱!

그의 새 타깃의 몸이 여지없이 허물어질 때쯤 하늘로 튀어 오른 처음의 그 조각들이 후드득 떨어진다.

일방적인 학살!

창가에 바짝 붙어 있던 사람들의 침통하고 우울했던 표정이 사라지고 환희의 감정이 그 위에 새롭게 감돈다.

사람들은 입을 쩍 벌린 채 현성의 무지막지한, 아니, 일방적인 학살을 지켜보았다.

산장 마당에 있던 적들을 순식간에 섬멸한 현성은 놈들을 술렁이게 만든 원인을 향해 곧장 몸을 날렸다.

놈들은 질주하는 현성 앞에 심어진 나락—벼—에 불과했다.

사방의 괴물들이 그를 향해 달려들었다.

산장과 그 산장에 있는 사람들에 대한 놈들의 탐욕적인 관심은 끊어졌다.

단 한 명의 인간에 의해서.

'후이넘?'

R들을 동요시킨 존재는 후이넘이었다.

놈들을 확인한 현성은 이계의 괴물과 인간이 만든 괴물이 동맹, 아니, 상하 관계를 맺고 있음을 알아볼 수 있었다.

후이넘의 진군을 막아보기 위해 미국이 살포(?)한 R이 도리어 놈들의 수족이 되어버렸으니 이 얼마나 기막힌 노릇인가.

슈아아아아앙!

현성을 발견한 후이넘이 일제히 화염구를 쏘아 보냈다.

화염구에서 발산된 열기는 근접한 R을 삽시간에 잿더미로 만든다.

가공할 열기다.

기함한 R들이 몸을 날린다.

현성도 화염구 더미를 피해 몸을 날렸다.

그가 서 있던 지면이 폭발한다.

불기둥이 이십여 미터까지 치솟았고, 충격으로 발생한 진동은 1킬로미터까지 뻗어나간다.

현성은 밀려오는 열기를 차단하고 불길을 순식간에 진화해 버렸다.

시뻘건 불길을 가른 현성의 자광검이 무시무시한 속도로 질주했다.

후이넘의 표정이 일그러지고, 눈매가 커진다.

당황한 모습이 역력하다.

서걱.

속도를 높인 현성의 위치를 놓친 후이넘들이 픽픽 쓰러진다.

놈들이 몰려 있는 곳으로 들어간 현성은 이들의 사각지대를 철저하게 이용했다.

때론 작은 덩치가 이로울 때가 있다.

물론 스피드와 충분한 살상력을 갖추고 있을 때의 이야기다.

현성은 놈들보다 빨랐고, 일검에 놈들을 양단시켜 버릴 수 있는 가공할 절삭력의 무기를 갖고 있었다.

그 무기는 총포조차 견뎌내는 놈들의 특별한 육신조차 여지없이 자르고 뚫어버린다.

신전 기둥처럼 굵고 단단하며 위협적인 다리와 팔, 섬세하고 신속한 공격이 가능한 놈들의 꼬리조차 현성을 어쩌지 못했다.

그의 육신은 마치 한줄기 바람 같았으며, 그의 눈은 이 순간 수백 개로 늘어나 사각지대를 완전히 없애 버린 것 같았다.

신들린 듯 싸우는 현성의 칼춤에 수십 마리의 후이넘은 순식간에 전멸해 버렸다.

휘류류류룽.

후이넘의 잔해 더미를 밟고 우뚝 선 현성의 전신에서 뿜어져 나오는 카리스마가 사위를 굴종시킨다.

두려움을 모르는 R조차 그의 그 기세와 기백에 짓눌려 주춤주춤 뒷걸음질을 친다.

그때였다.

거대한 먹구름이 몰려와서는 세상을 암흑천지로 만들었다.

마치 일식을 연상시키는 현상이었다.

좀 전만 해도 분명 구름 한 점 없는 청명한 날씨였다.

반사적으로 고개를 쳐든 현성의 무표정이 일순 와르르 무너진다.

얼마나 놀랐던지 그는 입까지 쩍 벌리고 있었다.

보라. 저 파랗던 하늘을 순식간에 뒤덮은 거대한 동체의 무리를.

시커먼 전신에 돋아난 촉수를 해초처럼 흐느적거리며 하늘을 날고 있는 것들의 생김새는 심해에 살고 있는 가오리를 연상케 했다.

그리고 그 덩치는 축구장의 두 배 크기는 됨 직했다.

그러한 것들이 몇 겹으로 하늘을 장악한 채 날아가고 있었다.

*   *   *

어떻게, 어떤 식으로 우리는 살아야 하는가? 아니, 살아남을 것인가.

전 인류에게 견디기 힘든 화두가 던져졌다.

에스더 외 열두 명의 사람들이 현성의 뒤를 따라 험준한 산속으로 들어간다.

먹구름처럼 하늘을 뒤덮고 있는 절멸자의 거대 동체에 사람들은 빛이 없는 어둠 속에 홀로 내팽개쳐진 가녀린 아이처럼 떨었다.

이 어둠은 삶에 대한 생물의 본능조차 잊게 만들었다.

용기와 배짱으로 무장한 에스더, 신중하고 차분한 캐서린, 외유내강인 짐, 노익장을 과시하던 연륜의 철학자 한스, 자식을 위해 물불 가리지 않던 그레이스, 생존을 위해 끝까지 달려왔던 사람들.

이들 모두가 저 하늘을 뒤덮고 있는 거대 생명체의 위용과 위엄 앞에 자포자기에 빠져들었다.

점점 처지는 사람들을 돌아보는 현성의 안색 역시 어둡긴 마찬가지였다.

'인생의 마지막에 당신은 무엇을 할 것인가? 누구와 함께할 것인가?' 라는 진지한 물음을 받는다면 당신은 무엇이라 대답할 것인가?

현성의 대답은 하나였다.

차민연을 비롯한 식구들을 떠올린 그의 표정이 바로 대답이 될 것이다.

한 번도 가져 본 적이 없던 조바심이 그의 내면에서 샘물처럼 솟는다.

그 샘물이 솟아 나오는 구멍은 한두 개가 아니었다.

마음이 마치 스펀지처럼 숭숭 뚫려서 그곳에서 불안감이 끊임없이 솟구친다.

난생처음으로 현성은 흔들리고 있었다.

그것은 공포였다.

털썩.

겉으론 강한 척 허세를 부렸지만 실제로는 가장 약한 정신을 가진 테이슨이 가장 먼저 주저앉아 온몸을 부들부들 떨면서 오열한다.

"끝장이야. 모든 게 끝장이야. 인류는 멸종될 거야. 크흑흑흑."

테이슨의 낙담과 오열이 사람들의 의지를 허물어뜨리는 방아쇠로 작용했다.

"테이슨, 진정해요."

짐이 나서서 테이슨을 진정시켜 보려 노력했지만 마음을 닫아버린 그에겐 이 목소리가 닿지 않았다.

사람들은 울먹이는 얼굴로 하나둘 허물어지듯 그 자리에 주저앉았다.

끝까지 버틸 것 같던 에스더마저 허망한 표정으로 주저앉아 고개를 숙인다.

오직 엄마의 이름을 가진 그레이스만이 이를 악물고 버텼다.

바들바들 가련하게 떨면서…

낙담과 절망에 무릎 꿇은 자들을 빤히 쳐다보던 현성은 여지없이 몸을 돌려 걷기 시작했다.

저들의 감정이 파도처럼 몰려온다.

지켜보고 있자니 저 파도에 휩쓸려 자신도 모르게 떠내려갈 것 같다.

운명의 실을 잘라낼 수는 없지만 거둘 수는 있다.

이는 각자의 선택이며 결과는 오롯이 개개인이 감당해야 할 몫이다.

자포자기의 심정으로 주저앉아 있는 저들에 대해 현성은 응원할 생각도, 강요할 생각도 하지 않았다.

그가 점점 멀어지자 당황한 그레이스가 사람들을 독촉한다.

"모두 일어나. 그가 가고 있어. 여기서 주저앉아 있으면 안 돼!"

낙담한 사람들은 그녀의 재촉이 들리지 않는 듯 고개조차 돌리지 않았다.

다들 자신의 삶을 더 이상 이어가려 하지 않았다.

눈을 감은 이가 어찌 등대를 볼 수 있으랴.

감정이 격해진 그레이스가 모두를 향해 소리친다.

"난 저 사람을 따라가겠어. 마음대로… 마음대로 해! 그렇게 주저앉아서 죽어버려!"

아들 매튜를 꼭 끌어안은 그레이스는 현성을 놓칠까 싶어 부랴부랴 걷는다.

그러다 발을 헛디딘 그녀가 넘어지려 하자 언제 되돌아왔는지 현성이 옆에서 부축해 준다.

"고, 고마워요, 선우."

울먹이는 그레이스의 얼굴에서 현성은 그녀의 슬픔을 보았다. 그 슬픔은 물방울처럼 연약했다. 손끝 하나로도 펑 하고 터져 버릴 것 같다.

"힘내요."

현성은 그녀가 알아듣지 못할 것을 알면서도 한국어로 위로한다.

알아듣지는 못해도 그레이스는 현성이 자신을 위로하고 있음을 마음으로 느낄 수 있었다.

고여 있던 그레이스의 눈물이 그제야 쏟아진다.

이제 발을 헛디디는 일은 없으리라.

두 사람은 말없이 깊은 숲으로 들어간다.

이들의 모습이 눈에 보이지 않자 사람들이 하나둘 일어서서 걷기 시작한다.

죽기 전에 해보고 싶은 단 한 가지의 일을 떠올리면서 그들은 자신의 의지를 쥐어짰다.

초콜릿이 먹고 싶다.

갓 구운 빵이 먹고 싶다.

좋아하는 음악을 들으면서 죽고 싶다.

와인을…….

뽀송뽀송한 침대에 눕고 싶다.

다람쥐 쳇바퀴처럼 돌아가던 단조로운 일상에서 흔히 할 수 있었던 사소한 것들이 지금 이들의 간절한 소망이 되어 그 육신을 이끌었다.

때론 사소한 바람이 낙담과 좌절의 구렁텅이에서 빠져나올 힘이 되어준다.

"선우, 같이… 같이 가요!"

　　　　*　　　　*　　　　*

　지구 상에 유일하게 남아 있는 캐나다의 몬스터 게이트에서
이상 현상이 발생했다.

　현지 시각으로 오전 11시에 발생한 이 징후는 그 주변을 수
시로 감시하던 무인 정찰기에 포착되어 즉시 기지로 전송됐다.

　몬스터 게이트에서 후이넘이 아닌 다른 종류의 거대 괴생명
체가 무더기로 나오는 영상이었다.

　놀랍게도 놈들은 거대한 덩치를 가진 비행 생명체였다.

　미 항모에서 출동한 전투기와 괴생명체 간에 교전이 벌어졌
다.

　"공격이 전혀 먹히지 않는다! 제길."

　"초, 촉수에서… 크아아악!"

　"오, 신이시여."

　"우아아아아악!"

　콰쾅쾅쾅.

　젊고 유능한 조종사들은 순식간에 불꽃 속에서 사그라졌다.

　이들의 싸움은 다윗과 철벽을 두른 골리앗과의 싸움이었다.

　교전 3분 만에 미 항모에서 출격한 모든 전투기가 그렇게 전
멸했다.

　과학자이자 성직자인 돌스 체프만은 이 괴생명체를 '절멸
자'라고 불렀다.

절멸자의 출현은 각국 정부를 발칵 뒤집어놓았고, 인류를 공포에 떨게 만들었다.

그리고 이보다 더 충격적인 사실은 놈들이 후이넘을 실어 나르는 수송기의 역할도 겸한다는 점이었다.

더 이상 아메리카 대륙만의 문제가 아니었다.

아메리카 대륙 하나를 버림으로써 타 대륙의 인류가 생존할 수 있을 것이라는 안일한 생각은 이로 인해 일거에 무너졌다.

놈들은 마치 전 세계를 자신들의 그림자로 뒤덮기로 작정한 듯 엄청나게 쏟아져 나왔다.

"신이시여, 저희를 버리시나이까."

침울한 탄식만을 모두가 나직이 터뜨릴 뿐이다.

제50장
상처받은 자의 포효

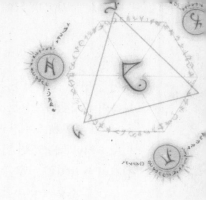

거센 비바람이 한반도를 강타했다.

홍수와 침수로 많은 사람이 집과 가족과 재산을 잃었다.

그들은 젖은 제 몸뚱이를 질질 끌고 정부가 마련해 준 대피소에 들어갔다.

태풍이 잦아들자 무더위가 찾아왔다.

더위는 전염병을 크게 일으켰다.

사람들은 집단에서 이탈하기 시작했다.

각자의 삶을 스스로 책임지려는 의식이 퍼져 나갔다.

이런 개개인이 모여 다시 여러 단체가 만들어졌다.

그리고 그 단체 중 몇 곳은 과격하고 파렴치했다.

생존은 경쟁이다.

이 잔인한 룰을 세운 그들은 약탈과 방화를 통해 물자를 확보하기 시작했다.

제2의 무법자들이 창궐한 것이다.

노동력만 제공하던 가장 소외당하던 일반 지역에서 이러한 현상이 들불처럼 일어났다.

군대가 출동했지만 그들은 죽음을 두려워하지 않고 싸웠다.

자유와 생존이란 기치 아래 모인 그들에게는 타협이 통하지 않았다.

그들은 자신들의 생존에 필요한 물자와 무기만을 정부에 통고했다.

그리고 각자의 삶을 각자가 챙기자는 구호를 외쳤다.

정부 붕괴의 시작이었다.

대한민국은 21세기 암흑시대를 맞아 큰 진통을 겪고 있었다.

특구 내 특본 상황실.

"상황 보고하세요."

에스더 일행을 로마에 내려준 현성은 특구로 돌아왔다.

쿠리야마 가문과의 싸움, 로키산맥에서의 전투는 현성의 일생 중 고작 하루의 시간에 불과했다.

하지만 그 하루가 당사자인 현성에게는 무척이나 고단하고 길었다.

악몽 같았던 그 하루가 지났지만 여전히 그의 인생엔 태양이 뜨지 않았다.

'악몽의 시리즈로군.'

현성은 상념을 털어냈다.

"25구역과 32구역에 폭도들이 들어와 약탈과 방화를 일삼고 있습니다."

상황실 직원의 보고에 현성은 전방 대형 모니터를 주시한다.

현성의 곁에는 그의 연인이자 비서인 차민연이 서 있었다.

모니터를 주시하는 그녀의 표정 역시 좋지 않다.

최우선 방호 지역 외곽 경계 담당 부대의 방어선이 최근 자주 뚫리고 있었다.

일반 지역의 폭도 단체와 우선 지역의 폭도 단체가 상호 연대하면서부터였다.

대한민국 전체 인구의 90퍼센트가 정부와 최우선 방호 지역에 등을 돌린 상황이다.

국민이 외면한 지금의 이 정부는 침몰의 카운트다운에 돌입한 상태다.

그럼에도 아직 침몰하지 않는 이유는 단 하나.

스킬러 나이트가 정부의 편을 들고 있었기 때문이다.

"32구역이면 특구와 불과 1.5킬로미터로군."

"폭도가 이곳까지 올 가능성은 희박하지만 대책은 마련해야 할 것 같습니다, 본부장님."

"경비대에 연락해서 여유 인력을 파견하세요."

스킬러 나이트를 파견하면 폭도쯤은 문제라고 할 거리도 안되지만 그럴 수 없었다.

스킬러 나이트와 민간인의 충돌은 화약고에 불을 붙이는 결과로 이어질 수 있었기 때문이다.

한쪽이 칼을 뽑는 순간 둘 중 하나는 필히 죽는다.

국민의 90퍼센트를 어찌 죽일 수 있겠는가.

"즉시 연락하겠습니다."

현성은 자리에서 일어나 상황실을 나섰다.

그 뒤를 민연이 그의 그림자처럼 따른다.

절멸자의 출현 20일째.

놈들을 막아내기 위해 각국이 총력을 기울이고 있지만 단 한곳의 전장에서도 안도할 만한 성과는 거두지 못했다.

걸음을 멈춘 현성이 복도 창밖으로 시선을 던진다.

산등성이에 걸린 거대한 석양이 마치 인류의 마지막을 보여주는 듯했다.

곧 몰려올 저 어둠은 사람들의 삶을 향한 꿋꿋한 의지, 정의로운 양심, 윤리성과 도덕심, 사랑, 존엄을 모조리 잡아먹고 그곳에 인간이라 불렸던 괴물을 키워낼 것이다.

이 밤엔 또 얼마나 많은 이들이 상처받으며 죽어갈지… 아침마다 깨끗하게 타이핑되어 책상 위에 오르는 서류들을 보기가 싫어진다.

멍하니 석양만 바라보는 현성이 외롭게 보였던지 민연이 그 손을 부드럽게 잡아준다.

'으음.'

고개를 돌린 현성은 자신을 향해 웃음 지어주는 민연의 손을 굳게 잡아준 뒤 다시 침몰하는 석양을 향해 고개를 돌렸다.

"참 멋지다, 석양."

민연의 음성은 가을밤을 수놓는 아름다운 선율처럼 현성의 가슴으로 파고든다.

멋지다!

이 얼마나 가슴 떨리는 단어인가.

무언가를 끝내야 할 시점에서 스스로 '참, 멋진 인생을 살았군' 이란 대사 한마디 남기는 것보다 멋진 인생이 또 있을까.

요즘 세태를 반영하듯 현성 역시 종말의 두꺼운 그림자 아래 놓여 생각하고 행동했다.

"현성 씨, 계곡에 가서 삼겹살에 와인 두어 병 할래?"

자신을 위로하기 위해 애쓰는 여인네의 행실을 타박할 남정네란 이 세상에 없다.

매초, 매분이 정말 아깝게 느껴진다.

그 아까운 시간을 자신이 사랑하고, 자신을 사랑하는 사람과 함께 공유하는 것만큼 멋지고 알찬 시간도 없을 것이다.

"집에 가서 준비해 둬."

"약속 있어?"

"곧 도착할 거야."

복도 모퉁이를 향해 걸어오는 김용수 부장의 기척을 감지한 현성이 예언자처럼 말한다.

민연은 그의 말을 전혀 의심하지 않고 받아들인다.

그가 곧이라면 곧인 거다.

"준비하고 기다릴게. 필요한 건 없어?"

"김치찌개를 후식으로 먹는 것도 괜찮지."

"후훗. 누가 한국 사람 아니랄까 봐. 알았어. 엇, 저기 약속이 걸어오시네. 후후. 그럼 이따 봐. 안녕하세요, 김 부장님."

"아, 예."

모퉁이를 바로 돌아 나오자마자 기다렸다는 듯 인사를 건네오는 민연의 행동에 김용수 부장이 살짝 당황한다.

그러다 곧 현성의 시선을 의식하곤 정중하게 그녀의 인사를 받았다.

민연이 자리를 비켜주자 현성과 김용수 부장은 말없이 특본을 나섰다.

"충!"

"충!"

특본 정문 경비대의 우렁찬 배웅 소리를 뒤로하며.

*　　　*　　　*

"기찬아, 확실하지?"

"걱정 마. 경비원의 배치와 동선을 모두 확인했어. 그리고 내부 가담자들 역시 믿을 수 있는 사람들이야."

"폭약 운반과 설치도 확인했지?"

"당연하지. 한수야?"

"어?"

"긴장하지 마라."

"긴장은… 내가 언제 긴장했다고 그래. 완벽을 기하자는 뜻에서 확인했을 뿐이야."

속내와 상관없이 큰소리치는 한수의 심정을 어찌 기찬이 알아보지 못할까.

최우선 방호 지역에 있는 최대 쇼핑센터.

기찬과 한수는 이곳의 쇼핑객들을 인질로 하여 정부가 자행한 만행을 대중 앞에서 시인케 할 생각이었다.

탄원도, 애원도, 시위도 전혀 먹히지 않는 소통 불가의 답답한 정부였다.

그들의 국민은 최우선 방호 지역의 주민들뿐이었다.

그 외 지역 주민들은 쓰다 버릴 소모품에 불과했다.

그렇다면 어찌 국민이라고 정부를 버리지 못한단 말인가.

만약 죽어야 한다면 어리석은 가축이 아닌 자유로운 인간으로서 싸우다 장렬하게 죽는 길을 기찬과 한수는 선택했다.

"꼼꼼한 새끼."

"대범한 새끼."

"기찬아."

"왜?"

"조금 무섭다."

"나도 무섭다. 하지만 누군가는 앞장서서 국민을 호구로만 보는 정부의 거만한 태도에 일침을 가해야 하지 않겠냐."

"졸라 멋진 대사네. 크크. 그런데 스킬러 나이트가 개입하면 우리의 뜻을 실천하기도 전에 일이 수포로 돌아가지 않을까?"

한수의 걱정에 기찬은 이를 악물며 대답한다.

"그래서 우리 모두가 스위치가 됐잖아. 우리 중 단 한 명만 그들에게 공격받아도 그 순간… 모두 천국이든 지옥이든 가는 거지."

두 사람의 시선이 각자의 손목에 고정된다.

색상과 디자인이 같은 커플 시계. 하지만 이것은 단순한 시계가 아니다.

파티의 초대장이다, 굶주린 사신들이 미친 듯이 배를 불릴 수 있는 만찬장으로의.

"정의를 위해!"

"자유와 평등을 위해!"

나직한 구호를 입안에 굴리며 그들은 그렇게 스스로 사지를 향해 걸어 들어간다.

*   *   *

"민연 언니, 어디가?"

퇴근하던 민연이 복도에서 희연과 마주쳤다.

"오늘 당직이니?"

"응, 캡틴은?"

"회의가 있다나 봐. 아연이는?"

"구내식당에 있을 거야. 언니, 뭐 좋은 일 있어? 표정이 화사하네."

정곡을 찔린 민연이 어색하게 웃음 짓는다.

이 웃음이 더 수상해진 희연이 두 눈을 게슴츠레 뜨며 민연의 위아래를 훑어본다.

이에 민연이 백기를 든다.

"실은 현성 씨랑 함께 오붓한 저녁을 먹기로 했거든."

"외식? 요즘 시내 시끄럽잖아."

희연이 걱정스레 말하자 민연이 고개를 내저으며 대답했다.

"계곡에 갈 거야."

"부럽당."

"다음에 함께 가자."

"그래, 그러자. 집으로 바로 갈 거야?"

"아니, 쇼핑센터에 들러서 와인 좀 보려고. 뭐 필요한 건 없니?"

"없어. 좋은 시간 보내."

"그래, 너도 수고하고."

민연이 총총걸음으로 걸어가는 것을 보며 희연이 씁쓰레한 표정으로 나직하게 한숨을 쉰다.

'그나마 언니가 저 소릴 안 들어서 다행이네. 하아.'

민연의 자리에 아연이 있었다면 늘 웃는 언니를 볼 수 있었을 텐데.

그저 걱정과 한숨만이 희연이 제 언니를 위해 할 수 있는 전부였다.

*　　　*　　　*

후이넘의 등장 이후 각국은 극비리에 국가 보존 계획을 수립하는 데 착수했다. 이들은 거대한 지하 방공호를 건설하여 이곳에 입주할 자들을 비밀리에 선발했다.

대한민국 역시 예외 없이 이러한 지하 시설물을 마련했다.

단군 계획!

이 일을 주도적으로 추진한 자들이 바로 유오찬이 속한 비밀 국제조직이다.

논리와 과학으로 설명할 수 없는 예언의 신봉자들.

그들의 믿음이 현재에 그 결실을 본 것이다, 서글프게도.

오늘 회의에서 지하 방공호 입주 개시일과 방식을 정하기로 했다. 이를 결정하기 위해 대한민국의 실세 전원이 이번 회의에 참석했다.

회의 시작 30분 전.

현성은 VVIP 룸에서 유오찬을 만나고 있었다.

"피곤해 보이는군."

현성의 말에 오찬은 그렇다는 듯 기지개를 켜더니 아주 피곤한 목소리로 너스레를 떤다.

"며칠 잠을 설쳐서 그런가 봐. 요즘은 통 식욕도 없네. 이십 대 중반이랑 후반이랑 격차가 심해. 크크. 뭐, 너야 겨우 이십 대 초반이니까 이런 날 전혀 이해 못 하겠지만. 자, 그럼 본론으로 들어갈까? 전에 내가 미리 말했던 것은 생각해 봤어?"

이번 회의는 많은 사람의 삶과 죽음을 정하는 게임이다.

이 게임의 승자는 안전한 장소에서 살아갈 수 있는 표를 얻을 수 있지만, 반대의 경우는 혹독한 환경에 내팽개쳐진 채 위태로운 생존 게임을 펼쳐야 한다.

서로를 경계하고 적대시하는 세력가들이 서로 믿지 못하면서도 이 회의에 참석한 이유가 바로 이 때문이다.

오늘의 결정이 곧 내일의 운명을 좌우하게 된다.

현재 대한민국은 네 개의 세력이 서로를 경계하며 균형을 이루고 있다.

화랑단을 거의 장악하다시피 한 유오찬.

유오찬과 그의 세력에 정면으로 반대하는 대표적인 집단 한얼.

팽팽한 줄다리기의 중심에서 양측의 눈치를 살피며 제 세력을 키워온 늙은 너구리 정현수 총재.

그리고 특작대의 젊은 수장 선우현성.

오늘 회의에서 이들 네 세력이 의견 일치를 보아야만 지하방공호 입주 계획을 시작할 수 있다.

현재로썬 요원한 일이다.

각각의 세력이 서로 다른 의견을 분명하게 내놓고 있기에.

"그 전에 한얼과 정현수 총재의 의중은?"

대한민국을 대표하는 네 세력 중 한곳인 한얼.

한때 이곳의 수장은 차기수였지만 얼마 전 그는 이 직책을 한얼의 부대주인 최우민에게 완전히 넘겨주었다.

유오찬의 입장에선 차기수에게 제대로 뒤통수를 얻어맞았다고 보아야 한다.

현성과 차기수의 관계를 생각해서 오찬은 그간 한얼에 직접적인 공세를 펼치지 않았었다.

하지만 지금은 현성의 입장을 볼 필요 없이 한얼을 공략할 마음을 단단히 먹고 있었다.

문제는 현성의 의중이다.

그가 한얼의 손을 들어준다면 예상을 웃도는 피바람을 각오해야 한다. 그것만큼은 진심으로 피하고 싶은 오찬이었다.

솔직히 한얼보다도 선우현성 한 사람이 더 꺼려지는 유오찬이다.

"최우민, 그자. 이름 그대로 '우민(愚民)'이더군. 말이 통하지 않아."

"한얼과는 한배를 탈 수 없단 소리군."

오찬이 현성의 표정을 유심히 살피고 귀를 기울인다.

퍼스널리티(personality : 성격)의 어원은 가면으로, 연기자가 쓰고 다니는 가면이란 뜻이다.

인간은 사회적 동물이다.

그리고 이 성향은 사람들로 하여금 어쩔 수 없이 가면을 쓰지 않고 살아갈 수 없도록 만든다.

하지만 눈앞의 저 인간은 그러한 가면을 쓰지 않고 살아가는 유일무이한 존재다.

적어도 오찬에게 현성은 그리 보였고, 그것은 오찬이 현성을 신뢰하고 존중하게 만든 근거이기도 했다.

　"한얼은 고지식한 공평함을 추구하고, 고약한 너구리 정현수 총재는 사욕에 눈이 멀어 있다. 둘 중 하나를 버려야 한다면 후자인 정현수 총재가 되어야겠지. 여유가 되는 상황에서 한쪽을 선택하라면 개인적으론 나도 한얼을 지지해. 하지만 우리에겐 한얼의 공평함을 들어줄 시간도, 자리도 없어. 나도 나름 융통성을 발휘해서 접근했지만 우이독경이더군."

　오찬이 현성을 살피듯이 현성 역시 오찬을 유심히 살피고 있었다.

　이를 통해 현성은 오찬이 무슨 마음을 먹고 있는지 짐작했다.

　'유오찬, 넌 오늘 칼을 빼 들 심산인가?'

　절멸자의 등장은 우려할 만한 수준이다.

　특단의 대책과 결정이 요구되는 긴급한 시점이었다.

　여기서 시간을 질질 끌었다간 공멸의 구덩이에 제 발로 들어가는 짓이다.

　"난 오늘 밤 계곡에 갈 생각이다."

　긴장감? 아니, 비장감마저 보이며 잔뜩 굳어 있던 유오찬의 두 눈빛이 그의 대답에 일순 흔들린다.

　흔들림은 안도였고, 안심이었다.

　축축하게 젖은 제 손바닥을 오찬이 닦아낸다.

　현성이 짐작했듯 오찬은 오늘 중대한 결심을 했다.

　그 중대한 결심엔 현성과의 관계 역시 포함되어 있었다.

다행하게도 최악의 상황은 피했다.

협조가 아닌 방관을 선택했지만 현성의 입장을 고려할 때 이 정도도 고심에 찬 양보였다.

이를 알기에 오찬은 현성에게 고마움까지 느꼈다.

"민연 씨랑?"

표정과 말투가 한결 편안해진 유오찬이다.

한얼에 가담한 사람들의 얼굴이 이 순간 현성의 망막을 스쳐 지나간다.

하지만 어쩌랴. 그들의 고집이 지나치게 완고한데. 그 완고함은 현성에게도 희생을 강요했다.

일반인인 특작대의 가족들, 준희, 선화와 그녀의 딸 지하, 민호, 차기수에게도 그들은 융통성을 발휘해 주지 않았다.

공평한 기회, 공평한 희생.

분명 좋은 말이다.

범죄자, 정신병자, 곧 죽을 늙은이, 불치병 환자에게도 공평한 기회를 준다 하니.

'각자의 선택대로 사는 거지.'

버리기로 한 것에는 더 이상 미련을 두지 않는다.

현성은 머릿속에서 한얼에 소속된 지인들의 영상을 하나하나 지워 버린다.

"그래."

"좋은 밤 보내라. 참, 특작대와 그 가족들에게 오늘 밤 좋은 선물이 배달될 거야. 가끔 허리띠 풀고 즐기는 것도 정신 건강에 좋지. 그래서 말인데… 네가 그들에게 언질을 남겼음 하는데."

"통보하도록 하지."

현성은 자리에서 곧장 리경수 부장에게 전화를 걸어 오늘 밤 각자의 집에서 절대 나오지 말라는 연락을 취했다.

오늘 밤 특작대의 모습을 그들의 담장 밖에서 보기는 힘들 것이다.

세상이 두 쪽 나더라도.

모든 용무를 마친 현성이 자리에서 일어선다.

문을 향해 걸어가는 현성에게 오찬이 말한다, 진심을 담아서.

"고맙다."

"천만에."

문고리를 돌리던 현성이 동작을 멈추며 고개를 돌렸다.

깜빡 잊고 하지 않은 말이 있어서다.

"유오찬."

"응?"

"지나친 모험심과 도박은 목숨을 단축한다. 앞으로는 자중해."

오찬은 이해할 수 없다는 표정으로 현성을 본다.

물론 이것은 오찬이 오랫동안 쓰고 살아온 가면이다.

그 가면 아래에 있는 그의 진면목은 이 순간 몹시 흔들리고 있었다.

"22세기형 최신 레이더를 장착한 너에겐 도저히 못 당하겠군. 언제부터 눈치챘어?"

"특본에서부터."

"특작대의 움직임은 없었는데."

오찬의 천연덕스러운 대답에 현성 역시 일상적인 대화를 하듯 답한다.

"그들까지 움직일 필요는 없지. 적어도 너라면 알 거야."

"하아, 내가 평생에 다시없을 위험한 살얼음판을 걸었었군. 후후."

더 이상의 대화는 무의미하다.

탁.

문이 닫히자 유오찬이 그 자리에 주저앉는다.

'카운트다운 십 분 전인가?'

하아.

묵직한 한숨을 내쉰 오찬이 소파에 몸을 묻는다.

*   *   *

긴급 속보입니다. 무장 테러범이 OO쇼핑센터를 점거했습니다. 현재까지 희생자는 없으며, 그들의 요구 조건 역시 아직 알려지지 않았습니다. 사건은 오늘 오후에 일어났으며 군경이 출동하여 테러범들과 대치 중에 있습니다. 현장에 나가 있는…

군경을 태운 차량과 헬기가 소란을 떨며 사건 현장으로 바

삐 달려간다.

사람들은 대형 전광판이나 스마트폰을 통해서 뉴스 속보를 접하고 있었다.

○○쇼핑센터 인근 도로 통제를 라디오에서 접한 현성은 그 방향으로 향했던 핸들을 돌렸다.

최근 들어 폭동과 약탈이 비일비재하다.

면역까지는 아니지만 점차 일상처럼 느껴진다.

테러란 표현이 들어간 것이 좀 의외였지만 오늘 밤은 그 어떤 사건에도 그는 연관, 혹은 관여하고 싶지 않았다.

'사람들의 이목을 흩뜨리기 위한 녀석의 전략인가?'

현성 역시 몇 차례 가본 적이 있는 대형 쇼핑센터다.

시내 요지에 위치한 쇼핑센터까지 무장 테러범들이 별다른 제지 없이 들어온 상황은 상식적으로 납득하기 힘든 부분이다.

그래서 현성은 이 일을 오찬과 연관 지어 생각했다.

큰 사건일수록 큰 사건으로 덮고 가리는 법이기에.

파란 신호에서 주황색 신호로 바뀌자 현성은 가속 페달을 힘껏 밟아 교차로를 급히 통과했다.

평소였다면 신호를 느긋하게 기다려 주었겠지만 오늘은 그럴 마음이 전혀 없었기에.

그의 손이 핸드폰을 찾아 움직인다.

평소 잘 놓아두던 곳을 더듬던 그의 손엔 아무것도 잡히지 않는다.

그제야 현성은 핸드폰을 회의장 내 VVIP 룸에 놓아두고 왔음을 떠올린다.

그에게서 잘 볼 수 없었던 실수다.

'상관없겠지.'

부우우우웅.

*   *   *

"다녀왔습니다."

현관문을 열고 들어선 현성은 TV 앞에 모여 있는 식구들을 향해 말했다.

그를 본 식구들의 표정마다 이해하기 힘든 안도감과 기대감이 서려 있었다.

이에 의문을 느낀 현성은 그들의 시선이 자신을 바라보고 있지 않음을 깨달았다.

'뭐지?'

그들이 바라보는 곳은 닫히는 현관문이었다.

탁.

문이 완전히 닫히자 모두가 마른침을 꿀꺽 삼켰다.

"현성아, 민연인?"

"집에 없습니까?"

현성의 대답에 차기수의 안색이 눈에 띄게 경직되었다.

상도, 선화, 민호 역시 예외가 아니었다.

"상도, 무슨 일이냐?"

현성이 다그치듯 묻는다.

상도는 차기수를 부축하여 소파에 앉힌 뒤 그 이유를 설명했다.

"연락받으신 거 아닙니까?"

"연락? 무슨 연락?"

불길한 느낌이 척추를 타고 올라와 현성의 대뇌를 자극한다.

쇼핑센터 사건을 실시간으로 보도하는 아나운서의 다급한 음성이 귀에 거슬린다.

"희연이가 연락한다고 했는데."

"무슨 일인지부터 설명해."

현성의 재촉에 상도는 그 눈길을 TV로 던졌다.

콰아아아아앙!

강렬한 폭발음이 TV에서 흘러나왔다.

그 순간 차기수는 묵직한 신음을 흘리며 얼굴을 감싸 쥐었고, 선화는 민호를 끌어안고 화면에서 고개를 돌렸다.

자신과는 무관한 쇼핑센터 테러 사건이 이 순간 자신과 전혀 무관하지 않음을 현성은 직감할 수 있었다.

폭발이 일어난 쇼핑센터의 외관은 처참했다.

건물 붕괴의 조짐이 육안으로 식별할 수 있을 정도다.

터져 나간 건물 외벽의 파편이 쇼핑센터 주변을 마치 폭격이 휩쓸고 지나간 폐허처럼 만들어 버렸다.

불길과 매캐한 검은 연기를 뿜어대며 연소하는 폭발 직전의 차들과 쓰러진 사람들, 경찰 저지선 밖에서 사건을 구경하던 수많은 사람이 겁을 집어먹고 일제히 달아난다.

도로로 뛰어든 사람들을 들이박는 차량과 이를 피해 급히 핸들을 틀다 보도를 지나 상가 건물에 틀어박히는 차량까지.

무질서와 공포가 연출한 적나라한 영상이 TV 화면을 채우고 있었다.

"어, 어째… 민연이를 어째!"

눈물을 터뜨리며 선화가 주저앉았다.

민호 역시 많이 놀란 듯 두 눈만 크게 뜬 채 넋을 놓았다.

와락.

현성이 상도의 멱살을 틀어쥐어 제 몸으로 당기며 소리쳤다.

"뭐야? 뭐냐고!"

"캐, 캡틴, 저기 저 쇼핑센터에… 컥컥. 민연 씨가… 민연 씨가 저기 있다고요!"

상도의 고함 소리에 현성의 손에 힘이 풀린다.

비틀거리며 물러선 상도가 제 목을 문지르며 걱정 가득한 눈으로 현성을 바라본다.

현성은 고개를 세차게 내저으며 소리쳤다.

"무슨 개소리야. 민연이가 왜 저기 있어! 그런 얘기 없었단 말이다!"

단둘이서 오늘 밤 계곡에 가기로 하지 않았던가.

그런 그녀가 왜 화염에 휩싸인 채 무너져 가는 저 쇼핑센터에 있단 말인가.

태어나서 처음으로 현성은 이성이 아닌 감정에 몸과 마음이 휩쓸리고 있었다.

현성에게선 강한 부정이 나타나고 있었다.

"희연이가 말해줬어요."

"희연이가?"

"예."

으드득.

현성은 어금니를 갈아붙이며 부릅뜬 두 눈으로 TV 화면으로 고개를 홱 돌렸다.

그 순간 현성의 모습은 상도와 사람들의 눈앞에서 사라졌다.

사건 현장으로 공간 이동 한 현성을 향해 폭발한 차량의 파편과 불길이 쇄도한다.

그의 옷은 금세 누더기가 되어 너덜너덜해졌고, 몸 여기저기 부상이 발생했다.

다행히 치명적인 부상은 아니었다.

콰드드드득.

쿵쿵쿵쿵.

간신히 붙어 있던 쇼핑센터 외벽 일부가 일제히 낙하하여 바닥을 찧는다.

유리잔처럼 부서진 보도에서 파편이 사방으로 날아간다.

건물 안쪽에서 불길이 뿜어져 나온다.

간간이 폭음도 들려온다.

건물 일부가 폭삭 주저앉았다.

세찬 먼지구름이 하늘로 치솟았고, 땅을 질주한다.

후끈한 열풍과 먼지를 얻어맞으면서 현성은 붕괴가 일어나고 있는 건물을 향해 뛰어갔다.

"위험해!"

"돌아와! 건물이 무너진다고!"

소방관과 경찰들이 무너져 내리는 건물 안으로 뛰어 들어가는 현성을 향해 소리 지른다.

방송국 카메라도 무모하게 뛰어들고 있는 그를 앵글에 담는다.

현성의 모습은 사람들과 카메라의 눈에서 사라졌다.

와지직.

후두둑.

건물 안으로 뛰어든 현성은 눈앞의 참상에 입술을 깨물었다.

온전한 것은 아무것도 없었다.

함몰된 바닥과 함몰이 진행 중인 바닥이 위협적인 지뢰처럼 깔려 있었고, 크고 작은 균열이 내달리며 비명을 질러대고 있었다.

보와 보 사이를 연결하는 빔이 휘어지고 뒤틀어지면서 콘크리트가 낙하했다.

파편 무더기가 현성을 향해 쏟아진다.

안쪽으로의 진입은 기름을 지고 불구덩이를 향해 다이빙하는 위험천만한 짓이다.

하루 평균 적게는 3천에서 많게는 5천 명까지 사람이 드나드는 대형 쇼핑센터다.

직간접적인 폭발과 붕괴 여파로 다수의 사상자와 부상자가 발생했다. 부상자들의 고통의 신음과 도움을 호소하는 울음소리가 무너져 가는 건물을 가득 채우고 있었다.

저 밖에 몰려와 있는 소방관들이 할 수 있는 일은 없었다.

그들이 할 수 있는 일이라곤 매몰 후의 구조가 고작이다.

몇몇 열혈 소방관들이 초반에 뛰어들어 왔지만 그들은 떨어지는 파편과 꺼진 바닥과 함께 목숨을 잃었다.

"차민연!"

현성이 소리친다.

모든 힘을 목소리에 집중하여 그렇게 소리 지른다.

그의 목소리가 연약해진 건물을 더 약하게 만든다.

"살려주세요! 여기 사람이 있어요."

"도와주세요. 흑흑."

"엄마아아아, 으아아앙앙."

"여보… 여보……."

"사, 상기야… 상기야."

사람들이 목소리가 들린다.

하지만 현성이 듣고자 하는 목소리는 여기에 섞여 있지 않았다. 현성이 들어왔던 구멍이 요란한 소리와 함께 자취를 감춘다.

드드드드.

건물이 파도처럼 요동친다.

'왜… 왜! 이딴 곳에 온 거야.'

현성은 앞쪽으로 뛰었다.

지면이 푹푹 꺼지며 그의 발목을 잡는다.

바닥을 적신 핏물이 빙판처럼 미끄럽다.

매캐한 연기와 먼지로 인해 확보 가능한 시야는 고작 이삼 미터에 불과했다.

그것도 안쪽으로 더 들어갈수록 좁아진다.

어둠을 꿰뚫어 보는 그의 안력도 이곳에선 소용이 없었다.

오로지 신체의 감각과 청각에 의존할 뿐 그 외 감각기관은 오히려 방해만 된다.

누군가 현성의 발등을 잡는다.

피 묻은 그 손은 군데군데 뼈마디가 드러나 있었다.

"…도와주세요. 아파요… 너무…….."

생의 마지막 호소의 말을 끝으로 손의 주인은 죽어버렸다.

깨진 대형 유리 조각에 허리의 반이 잘린 여자였다.

현성은 비참하게 죽은 여자가 민연이 아니라는 것에 안도했다. 이런 자신을 책망하고 실망할 겨를이 그에겐 없었다.

다닥다닥.

그는 청각을 잔뜩 곤두세워서 뛰었다.

꺼져 버린 바닥이 그의 발길을 막는다.

균열이 달려와 그의 다리를 물어뜯으려 한다.

한 걸음, 한 걸음이 험난한 가시밭길이다.

실족의 위험을 경계하고 낙하물을 주의하면서 그는 민연만을 생각하면서 움직였다.

사람들의 간절한 호소가 그림자처럼 따라오고 끈끈이처럼 달라붙는다.

바닥에서 튄 피와 현성의 피가 섞여 그를 붉게 물들인다.

아무리 소리쳐 불러도 민연의 목소리는 그의 귀에 들리지 않았다.

낯선 이들의 처절한 울부짖음뿐이다.

슈아아아앙.

쿠우우웅.

쩌쩍, 와르르.

집채만 한 파편이 떨어졌다.

후방으로 몸을 날린 현성이 바닥을 뒹군다.

"크흑."

지면이 폭삭 주저앉는다.

시야는 더 뿌옇게 변한다.

날카롭고 뾰족한 유리 파편이 등에 박히고 다리에 박힌다.

벽면을 뚫고 툭 튀어나온 철골 끝에 얼굴이 꿰뚫릴 뻔했다.

창처럼 튀어나온 철골을 붙잡은 그의 손바닥 피부가 쓸려 벗겨졌다.

이곳에서 쇳내 가득한 핏물이 뚝뚝 떨어진다.

"차민연! 차민연!"

온몸을 쥐어짜며 그는 민연의 이름을 소리쳐 불러본다.

애간장이 녹는다.

불안감이 뼈 마디마디마다 붙어 압박한다.

사방을 둘러본다.

처참하고 흉측한 것들뿐이다.

건물도 사람도 온전한 게 하나 없다.

절망감이 그의 내면에서 고개를 치켜든다.

더 이상의 행동은 무의미하다며 그를 몰아붙인다.

빠져나가! 죽고 싶어? 여기서 이대로 망가진 채 죽어갈래? 현실을 인정하고 안전한 곳으로 피하라는 내면의 속삭임이 끊임없이 올라온다.

우우우우우우웅, 끼이이이익.

건물은 더 이상 버틸 수 없다며 비명을 내지른다.

발악 같은 그 비명을 끝으로 건물은 빠른 속도로 붕괴한다.

막을 방법이 없다.

"으아아아아아아아아아아아—!"

붕괴의 중심에서 현성은 분노의 포효를 터뜨린다.

가슴에 지워지지 않는 피멍을 새긴다.

『스킬러』 7권에 계속…

네르가시아 장편 소설
FUSION FANTASTIC STORY

THE MODERN
MAGICAL
SCHOLAR

현대 마도학자

나르서스 제국의 전쟁영웅이자
마나코어를 개발한 천재 마도학자 카미엘!

그러나 제국의 부흥을 위한 재물이 되어
숙청당하는데…….

『현대 마도학자』

죽음 끝에 주어진 또 다른 삶.
그러나 그에게 남겨진 것은 작은 고물상이 전부였다.

더 이상의 밑은 없다!
마도학자의 현대 성공기가 시작된다!

Book Publishing CHUNGEORAM